哇哈！
这些老头真有趣

梁实秋 等◎著

北京联合出版公司
Beijing United Publishing Co.,Ltd.

图书在版编目（CIP）数据

哇哈！这些老头真有趣 / 梁实秋等著 .—— 北京：北京联合出版公司 , 2016.8（2021.3重印）

（极简的阅读）

ISBN 978-7-5502-8093-9

Ⅰ.①哇… Ⅱ.①梁… Ⅲ.①散文集—中国—现代②散文集—中国—当代 Ⅳ.① I266

中国版本图书馆 CIP 数据核字（2016）第148492号

哇哈！这些老头真有趣

作　　者：梁实秋 等
责任编辑：昝亚会　夏应鹏
特约编辑：黄川川
版权支持：张　婧

北京联合出版公司出版
（北京市西城区德外大街 83 号楼 9 层　100088）
三河市恒升印装有限公司印刷　新华书店经销
字数：154 千字　787mm×1092mm　1/32　印张：7.5
2016 年 8 月第 1 版　2021 年 3 月第 6 次印刷
ISBN 978-7-5502-8093-9
定价：30.00 元

极简的阅读

时移境迁，浮光掠影

他们的文字，穿越时空，抚慰你我，引领前行

目录

我读一本小书
同时又读一本大书

沈从文

当我学会了用自己眼睛看世界一切，到不同社会中去生活时，学校对于我便已毫无兴味可言了。

　　我能正确记忆到我小时的一切，大约在两岁左右。我从小到四岁左右，始终健全肥壮如一只小豚。四岁时母亲一面告给我认方字，外祖母一面便给我糖吃，到认完六百生字时，腹中生了蛔虫，弄得黄瘦异常，只得每天用草药蒸鸡肝当饭。那时节我就已跟随了两个姐姐，到一个女先生处上学。那人既是我的亲戚，我年龄又那么小，过那边去念书，坐在书桌边读书的时节较少，坐在她膝上玩的时间或者较多。

到六岁时，我的弟弟方两岁，两人同时出了疹子。时正六月，日夜皆在吓人高热中受苦。又不能躺下睡觉，一躺下就咳嗽发喘。又不要人抱，抱时全身难受。我还记得我同我那弟弟两人当时皆用竹簟卷好，同春卷一样，竖立在屋中阴凉处。家中人当时业已为我们预备了两具小小棺木搁在廊下。十分幸运，两人到后来居然全好了。我的弟弟病后家中特别为他请了一个壮实高大的苗妇人照料，照料得法，他便壮大异常。我因此一病，却完全改了样子，从此不再与肥胖为缘，成了个小猴儿精了。

六岁时我已单独上了私塾。如一般风气，凡是私塾中给予小孩子的虐待，我照样也得到了一份。但初上学时我因为在家中业已认字不少，记忆力从小又似乎特别好，比较其余小孩，可谓十分幸福。第二年后换了一个私塾，在这私塾中我跟从了几个较大的学生，学会了顽劣孩子抵抗顽固塾师的方法，逃避那些书本去同一切自然相亲近。这一年的生活形成了我一生性格与感情的基础。我间或逃学，且一再说谎，掩饰我逃学应受的处罚。我的爸爸因这件事十分愤怒，有一次竟说若再逃学说谎，便当砍去我一个手指。我仍然不为这话所恐吓，机会一来时总不把逃学的机会轻轻放过。当我学会了用自己眼睛看世界一切，到不同社会中去生活时，学校对于我便已毫无兴味可言了。

我爸爸平时本极爱我，我曾经有一时还作过我那一家的中心人物。稍稍害点病时，一家人便光着眼睛不睡眠，在床边服侍我，当我要谁抱时谁就伸出手来。家中那时经济情形还很好，我在物质方面所享受到的，比起一般亲戚小孩似乎都好得多。我的爸爸既一面只作将军的好梦，一面对于我却怀了更大的希望。他仿佛早就看出我不是个军人，不希望我作将军，却告诉我祖父的许多勇敢光荣的故事，以及他庚子年间所得的一份经验。他因为欢喜京戏，只想我学戏，作谭鑫培。他以为我不拘作什么事，总之应比作个将军高些。第一个赞美我明慧的就是我的爸爸。可是当他发现了我成天从塾中逃出到太阳底下同一群小流氓游荡，任何方法都不能拘束这颗小小的心，且不能禁止我狡猾的说谎时，我的行为实在伤了这个军人的心。同时那小我四岁的弟弟，因为看护他的苗妇人照料十分得法，身体养育得强壮异常，年龄虽小，便显得气派宏大，凝静结实，且极自重自爱，故家中人对我感到失望时，对他便异常关切起来。这小孩到后来也并不辜负家中人的期望，二十二岁时便作了步兵上校。至于我那个爸爸，却在蒙古，东北，西藏，各地处军队中混过，民国二十年时还只是一个上校，在本地土著军队里作军医（后改为中医院长），把将军希望留在弟弟身上，在家乡从一种极轻微的疾病中便瞑目了。

我有了外面的自由，对于家中的爱护反觉处处受了牵制，因此家中人疏忽了我的生活时，反而似乎使我方便了好些。领导我逃出学塾，尽我到日光下去认识这大千世界微妙的光，稀奇的色，以及万汇百物的动静，这人是我一个张姓表哥。他开始带我到他家中橘柚园中去玩，到城外山上去玩，到各种野孩子堆里去玩，到水边去玩。他教我说谎，用一种谎话对付家中，又用另一种谎话对付学塾，引诱我跟他各处跑去。即或不逃学，学塾为了担心学童下河洗澡，每到中午散学时，照例必在每人手心中用朱笔写个大字，我们尚依然能够一手高举，把身体泡到河水中玩个半天。这方法也亏那表哥想出的。我感情流动而不凝固，一派清波给予我的影响实在不小。我幼小时较美丽的生活，大部分都同水不能分离。我的学校可以说是在水边的。我认识美，学会思索，水对我有较大的关系。我最初与水接近，便是那荒唐表哥领带的。

现在说来，我在作孩子的时代，原来也不是个全不知自重的小孩子。我并不愚蠢。当时在一班表兄弟中和弟兄中，似乎只有我那个哥哥比我聪明，我却比其他一切孩子懂事。但自从那表哥教会我逃学后，我便成为毫不自重的人了。在各样教训各样的方法管束下，我不欢喜读书的性情，从塾师方面，从家庭方面，从亲戚方面，莫不对于我感觉得无多希望。我的长处到那时只是种种的说谎。我非从学塾逃到外面空气下不可，逃学过后又得逃避处罚。我最先所学，同时拿来致用的，也就是根据各种经验来制作各种谎话。我的心总得为一种新鲜声音，新鲜颜色，新鲜气味而跳。我得认识本人生活以外的生活。我的智慧应当从直接生活上吸收消化，却不须从一本好书一句好话上学来。似乎就只这样一个原因，我在学塾中，逃学纪录点数，在当时便比任何一人都高。

离开私塾转入新式小学时，我学的总是学校以外的。到我出外自食其力时，我又不曾在职务上学好过什么，二十年后我"不安于当前事务，却倾心于现世光色，对于一切成例与观念皆十分怀疑，却常常为人生远景而凝眸"，这分性格的形成，便应当溯源于小时在私塾中逃学习惯。

自从逃学成习惯后，我除了想方设法逃学，什么也不再关心。

有时天气坏一点，不便出城上山里去玩，逃了学没有什么去处，我就一个人走到城外庙里去。本地大建筑在城外计三十来处，除了庙宇就是会馆和祠堂。空地广阔，因此均为小手工业工人所利用。那些庙里总常常有人在殿前廊下绞绳子，织竹簟，做香，我就看他们做事。有人下棋，我看下棋。有人打拳，我看打拳。甚至于相骂，我也看着，看他们如何骂来骂去，如何结果。因为自己既逃学，走到的地方必不能有熟人，所到的必是较远的庙里。到了那里，既无一个熟人，因此什么事都只好用耳朵听，眼睛去看，直到看无可看听无可听时，我便应当设计打量我怎么回家去的方法了。

来去学校我得拿一个书篮。内中有十多本破书，由《包句杂志》《幼学琼林》到《论语》《诗经》《尚书》通常得背诵。分量相当沉重。逃学时还把书篮挂到手肘上，这就未免太蠢了一点。凡这么办的可以说是不聪明的孩子。许多这种小孩子，因为逃学到各处去，人家一见就认得出，上年纪一点的人见到时就会说："逃学的，赶快跑回家挨打去，不要在这里玩。"若无书篮可不会受这种教训。因此我们就想出了一个方法，把书篮寄存到一个土地庙里去。那地方无一个人看管，但谁也用不着担心他的书篮。小孩子对于土地神全不缺少必需的敬畏，都信托这木偶，把书篮好好的藏到神座龛子里去，常常同时有五个或八个，到时却各人把各人的拿走，谁也不会乱动旁人的东西。我把书篮放到那地方去，次数是不能记忆了的，照我想来，次数最多的必定是我。

逃学失败被家中学校任何一方面发觉时，两方面总得各挨一顿打。在学校得自己把板凳搬到孔夫子牌位前，伏在上面受笞。处罚过后还要对孔夫子牌位作一揖，表示忏悔。有时又常常罚跪至一根香时间。我一面被处罚跪在房中的一隅，一面便记着各种事情，想象恰好生了一对翅膀，凭经验飞到各样动人事物上去。按照天气寒暖，想到河中的鳜鱼被钓起离水以后拨剌的情形，想到天上飞满风筝的情形，想到空山中歌呼的黄鹂，想到树木上累累的果实。由于最容易神往到种种屋外东西上去，反而常把处罚的痛苦忘掉，处罚的时间忘掉，直到被唤起以后为止，我就从不曾在被处罚中感觉过小小冤屈。那不是冤屈。我应感谢那种处罚，使我无法同自然接近时，给我一个练习想象的机会。

家中对这件事自然照例不大明白情形，以为只是教师方面太宽的过失，因此又为我换一个教师。我当然不能在这些变动上有什么异议。这事对我说来，我倒又得感谢我的家中。因为先前那个学校比较近些，虽常常绕道上学，终不是个办法，且因绕道过远，把时间耽误太久时，无可托词。现在的学校可真很远很远了，不必包绕偏街，我便应当经过许多有趣味的地方了。从我家中到那个新的学塾里去时，路上我可看到针铺门前永远必有一个老人戴了极大的眼镜，低下头来在那里磨针。又可看到一个伞铺，大门敞开，作伞时十几个学徒一起工作，尽人欣赏。又有皮靴店，大胖子皮匠，天热时总腆出一个大而黑的肚皮（上面有一撮毛！）

用夹板上鞋。又有剃头铺，任何时节总有人手托一个小小木盘，呆呆的在那里尽剃头师傅刮脸。又可看到一家染坊，有强壮多力的苗人，踹在凹形石碾上面，站得高高的，手扶着墙上横木，偏左偏右的摇荡。又有三家苗人打豆腐的作坊，小腰白齿头包花帕的苗妇人，时时刻刻口上都轻声唱歌，一面引逗缚在身背后包单里的小苗人，一面用放光的红铜勺舀取豆浆。我还必需经过一个豆粉作坊，远远的就可听到骡子推磨隆隆的声音，屋顶棚架上晾满白粉条。我还得经过一些屠户肉案桌，可看到那些新鲜猪肉砍碎时，尚在跳动不止。我还得经过一家扎冥器出租花轿的铺子，有白面无常鬼，蓝面阎罗王，鱼龙，轿子，金童玉女。每天且可以从他那里看出有多少人接亲，有多少冥器，那些定做的作品又成就了多少，换了些什么式样。并且还常常停顿下来，看他们贴金敷粉，涂色，一站许久。

我就欢喜看那些东西，一面看一面明白了许多事情。

每天上学时，我照例手肘上挂了那个竹书篮，里面放十多本破书。在家中虽不敢不穿鞋，可是一出了大门，即刻就把鞋脱下拿到手上，赤脚向学校走去。不管如何，时间照例是有多余的，因此我总得绕一节路玩玩。若从西城走去，在那边就可看到牢狱，大清早若干人带了脚镣从牢中出来，派过衙门去挖土。若从杀人处走过，昨天杀的人还没有收尸，一定已被野狗把尸首杂碎或拖到小溪中去了，就走过去看看那个糜碎了的尸体，或拾起一块小小石头，在那个污秽的头颅上敲打一下，或用一木棍去戳戳，看看会动不会。若还有野狗在那里争夺，就预先拾了许多石头放在书篮里，随手一一向野狗抛掷，不再过去，只远远的看看，就走开了。

既然到了溪边，有时候溪中涨了小小的水，就把裤管高卷，书篮顶在头上，一只手扶着，一只手照料裤子，在沿了城根流去的溪水中走去，直到水深齐膝处为止。学校在北门，我出的是西门，又进南门，再绕从城里大街一直走去。在南门河滩方面我还可以看一阵杀牛，机会好时，恰好正看到那老实可怜畜牲放倒的情形。因为每天可以看一点点，杀牛的手续同牛内脏的位置，不久也就被我完全弄清楚了。再过去一点就是边街，有织簟子的铺子，每天任何时节皆有几个老人坐在门前小凳子上，用厚背的钢刀破篾，有两个小孩子蹲在地上织簟子。（我对于这一行手艺所明白的种种，现在说来似乎比写字还在行。）又有铁匠铺，制铁炉同风箱皆占据屋中，大门永远敞开着，时间即或再早一些，也可以看到一个小孩子两只手拉着风箱横柄，把整个身子的分量前倾后倒，风箱于是就连续发出一种吼声，火炉上便放出一股臭烟同红光。待到把赤红的热铁拉出搁放到铁砧上时，这个小东西，赶忙舞动细柄铁锤，把铁锤从身背后扬起，在身面前落下，火花四溅的一下一下打着。有时打的是一把刀，有时打的是一件农具。有时看到的又是这个小学徒跨在一条大板凳上，用一把凿子在未淬水的刀上起去铁皮，有时又是把一条薄薄的钢片嵌进熟铁里去。日子一多，关于任何一件铁器的制造秩序，我也不会弄错了。边街又有小饭铺，门前有个大竹筒，插满了用竹子削成的筷子。有干鱼同酸菜，用钵头装满放在门前柜台上。引诱主顾上门，意思好像是说，"吃我，随便吃我，好吃！"每次我总仔细看看，真所谓"过屠门而大嚼"，也过了瘾。

我最欢喜天上落雨，一落了小雨，若脚下穿的是布鞋，即或天气正当十冬腊月，我也要以恐怕湿却鞋袜为辞，有理由即刻脱下鞋袜赤脚在街上走路。但最使人开心事，还是落过大雨以后，街上许多地方已被水所浸没，许多地方阴沟中涌出水来，在这些地方照例常常有人不能过身，我却赤着两脚故意向深水中走去。若河中涨了大水，照例上游会漂流得有木头、家具、南瓜同其他东西，就赶快到横跨大河上的桥上去看热闹。桥上必已经有人用长绳系定了自己的腰身，在桥头上呆着，注目水中，有所等待。看到有一段大木或一件值得下水的东西浮来时，就踊身一跃，骑到那树上，或傍近物边，把绳子缚定，自己便快快的向下游岸边泅去。另外几个在岸边的人把水中人援助上岸后，就把绳子拉着，或缠绕到大石上大树上去，于是第二次又有第二人来在桥头上等候。我欢喜看人在洄水里扳罾，巴掌大的活鲫鱼在网中蹦跳。一涨了水，照例也就可以看这种有趣味的事情。照家中规矩，一落雨就得穿上钉鞋，我可真不愿意穿那种笨重钉鞋。虽然在半夜时有人从街巷里过身，钉鞋声音实在好听，大白天对于钉鞋，我依然毫无兴味。

若在四月落了点小雨，山地里田塍上各处都是蟋蟀声音，真使人心花怒放。在这些时节，我便觉得学校真没有意思，简直坐不住，总得想方设法逃学上山去捉蟋蟀。有时没有什么东西安置这小东西，就走到那里去，把第一只捉到手后又捉第二只，两只手各有一只后，就听第三只。本地蟋蟀原分春秋二季，春季的多在田间泥里草里，秋季的多在人家附近石罅里瓦砾中，如今既然这东西只在泥层里，故即或两只手心各有一匹小东西后，我总还可以想方设法把第三只从泥土中赶出，看看若比较手中的大些，即开释了手中所有，捕捉新的，如此轮流换去，一整天方捉回两只小虫。城头上有白色炊烟，街巷里有摇铃铛卖煤油的声音，约当下午三点左右时，赶忙走到一个刻花板的老木匠那里去，很兴奋的同那木匠说："师傅师傅，今天可捉了大王来了！"

那木匠便故意装成无动于衷的神气，仍然坐在高凳上玩他的车盘，正眼也不看我的说："不成，要打打得赌点输赢！"我说："输了替你磨刀成不成？"

"嗨，够了，我不要你磨刀，你哪会磨刀！上次磨凿子还磨坏了我的家伙！"

这不是冤枉我，我上次的确磨坏了他一把凿子。不好意思再说磨刀了，我说：

"师傅，那这样办法，你借给我一个瓦盆子，让我自己来试试这两只谁能干些好不好？"我说这话时真怪和气，为的是他以逸待劳，若不允许我还是无办法。

那木匠想了望，好像莫可奈何才让步的样子。"借盆子得把战败的一只给我，算作租钱。"

我满口答应："那成，那成。"

于是他方离开车盘，很慷慨的借给我一个泥罐子，顷刻之间我就只剩下一只蟋蟀了。这木匠看看我捉来的虫还不坏，必向我提议："我们来比比，你赢了我借你这泥罐一天；你输了，你把这蟋蟀输给我，办法公平不公平？"我正需要那么一个办法，连说"公平，公平"，于是这木匠进去了一会儿，拿出一只蟋蟀来同我的斗，不消说，三五回合我的自然又败了。他的蟋蟀照例却常常是我前一天输给他的。那木匠看看我有点颓丧，明白我认识那匹小东西，担心我生气时一摔，一面赶忙收拾盆罐，一面带着鼓励我的神气笑笑的说："老弟，老弟，明天再来，明天再来！你应当捉好的来，走远一点。明天来，明天来！"

我什么话也不说，微笑着，出了木匠的大门，空手回家了。

这样一整天在为雨水泡软的田塍上乱跑，回家时常常全身是泥，家中当然一望而知，于是不必多说，沿老例跪一根香，罚关在空房子里，不许哭，不许吃饭。等一会儿我自然可以从姐姐方面得到充饥的东西。悄悄的把东西吃下以后，我也疲倦了，因此空房中即或再冷一点，老鼠来去很多，一会儿就睡着，再也不知道如何上床的事了。

即或在家中那么受折磨，到学校去时又免不了补挨一顿板子。我还是在想逃学时就逃学，决不为经验所恐吓。

有时逃学又只是到山上去偷人家园地里的李子枇杷，主人拿着长长的竹竿大骂着追来时，就飞奔而逃，逃到远处一面吃那个赃物，一面还唱山歌气那主人，总而言之，人虽小小的，两只脚跑得很快，什么茨棚里钻去也不在乎，要捉我可捉不到，就认为这种事很有趣味。

可是只要我不逃学，在学校里我是不至于像其他那些人受处罚的。我从不用心念书，但我从不在应当背诵时节无法对付。许多书总是临时来读十遍八遍，背诵时节却居然琅琅上口，一字不遗。也似乎就由于这份小小聪明，学校把我同一般同学一样待遇，更使我轻视学校。家中不了解我为什么不想上进，不好好的利用自己聪明用功，我不了解家中为什么只要我读书，不让我玩。我自己总以为读书太容易了点，把认得的字记记那不算什么希奇。最希奇处应当是另外那些人，在他那分习惯下所做的一切事情。为什么骡子推磨时得把眼睛遮上？为什么刀得烧红时在水里一淬方能坚硬？为什么雕佛像的会把木头雕成人形，所贴的金那么薄又用什么方法作成？为什么小铜匠会在一块铜板上钻那么一个圆眼，刻花时刻得整整齐齐？这些古怪事情太多了。

我生活中充满了疑问，都得我自己去找寻解答。我要知道的太多，所知道的又太少，有时便有点发愁。就为的是白日里太野，各处去看，各处去听，还各处去嗅闻，死蛇的气味，腐草的气味，屠户身上的气味，烧碗处土窑被雨以后放出的气味，要我说来虽当时无法用言语去形容，要我辨别却十分容易。蝙蝠的声音，一只黄牛当屠户把刀刺进它喉中时叹息的声音，藏在田塍土穴中大黄喉蛇的鸣声，黑暗中鱼在水面拨刺的微声，全因到耳边时分量不同，我也记得那么清清楚楚。因此回到家里时，夜间我便做出无数希奇古怪的梦。这些梦直到将近二十年后的如今，还常常使我在半夜时无法安眠，既把我带回到那个"过去"的空虚里去，也把我带往空幻的宇宙里去。

在我面前的世界已够宽广了，但我似乎还得一个更宽广的世界。我得用这方面得到的知识证明那方面的疑问。我得从比较中知道谁好谁坏。我得看许多业已由于好询问别人，以及好自己幻想所感觉到的世界上的新鲜事情新鲜东西。结果能逃学时我逃学，不能逃学我就只好做梦。

照地方风气说来，一个小孩子野一点的，照例也必需强悍一点，才能各处跑去。因为一出城外，随时都会有一样东西突然扑到你身边来，或是一只凶恶的狗，或是一个顽劣的人。无法抵抗这点袭击，就不容易各处自由放荡。一个野一点的孩子，即或身边不必时时刻刻带一把小刀，也总得带一削尖的竹块，好好的插到裤带上，遇机会到时，就取出来当作武器。尤其是到一个离家较远的地方去看木傀儡戏，不准备厮杀一场简直不成。你能干点，单身往各处去，有人挑战时，还只是一人近你身边来恶斗。若包围到你身边的顽童人数极多，你还可挑选同你精力相差不大的一人，你不妨指定其中一个说："要打吗？你来，我同你来。"

到时也只那一个人拢来。被他打倒，你活该，只好伏在地上尽他压着痛打一顿。你打倒了他，他活该，把他揍够后你可以自由走去，谁也不会追你，只不过说句"下次再来"罢了。

可是你根本上若就十分怯弱，即或结伴同行，到什么地方去时，也会有人特意挑出你来殴斗。应战你得吃亏，不答应你得被仇人与同伴两方面奚落，顶不经济。

感谢我那爸爸给了我一分勇气，人虽小，到什么地方去我总不害怕。到被人围上必需打架时，我能挑出那些同我不差多少的人来，我的敏捷同机智，总常常占点上风。有时气运不佳，不小心被人摔倒，我还会有方法翻身过来压到别人身上去。在这件事上我只吃过一次亏，不是一个小孩，却是一只恶狗，把我攻倒后，咬伤了我一只手。我走到任何地方去都不怕谁，同时因换了好些私塾，各处皆有些同学，大家既都逃过学，便有无数朋友，因此也不会同人打架了。可是自从被那只恶狗攻倒过一次以后，到如今我却依然十分怕狗。（有种两脚狗我更害怕，对付不了。）

至于我那地方的大人，用单刀、扁担在大街上决斗本不算回事。事情发生时，那些有小孩子在街上玩的母亲，只不过说："小杂种，站远一点，不要太近！"嘱咐小孩子稍稍站开点儿罢了。本地军人互相砍杀虽不出奇，行刺暗算却不作兴。这类善于殴斗的人物，有军营中人，有哥老会中老幺，有好打不平的闲汉，在当地另成一帮，豁达大度，谦卑接物，为友报仇，爱义好施，且多非常孝顺。但这类人物为时代所陶冶，到民五以后也就渐渐消灭了。

虽有些青年军官还保存那点风格，风格中最重要的一点洒脱处，却为了军纪一类影响，大不如前辈了。

我有三个堂叔叔两个姑姑都住在城南乡下，离城四十里左右。那地方名黄罗寨，出强悍的人同猛鸷的兽。我爸爸三岁时在那里差一点险被老虎咬去。我四岁左右，到那里第一天，就看见四个乡下人抬了一只死老虎进城，给我留下极深刻的印象。

我还有一个表哥，住在城北十里地名长宁哨的乡下，从那里再过去十里便是苗乡。表哥是一个紫色脸膛的人，一个守碉堡的战兵。我四岁时被他带到乡下去过了三天，二十年后还记得那个小小城堡黄昏来时鼓角的声音。

这战兵在苗乡有点威信，很能喊叫一些苗人。每次来城时，必为我带一只小斗鸡或一点别的东西。一来为我说苗人故事，临走时我总不让他走。我欢喜他，觉得他比乡下叔父能干有趣。

阿咪

丰子恺

　　猫的确能化岑寂为热闹，变枯燥为生趣，
转懊恼为欢笑；能助人亲善，教人团结。即
使不捕老鼠，也有功于人生。

　　阿咪者，小白猫也。十五年前我曾为大白猫"白象"写文。白象死后又曾养一黄猫，并未为它写文。最近来了这阿咪，似觉非写不可了。盖在黄猫时代我早有所感，想再度替猫写照。但念此种文章，无益于世道人心，不写也罢。黄猫短命而死之后，写文之念遂消。直至最近，有人送了我这阿咪，此念复萌，不可遏止。率尔命笔，也顾不得世道人心了。

阿咪之父是中国猫，之母是外国猫。故阿咪毛甚长，有似兔子。想是秉承母教之故，态度异常活泼，除睡觉外，竟无片刻静止。地上倘有一物，便是它的游戏伴侣，百玩不厌。人倘理睬它一下，它就用姿态动作代替言语，和你大打交道。此时你即使有要事在身，也只得暂时撇开，与它应酬一下；即使有懊恼在心，也自会忘怀一切，笑逐颜开。哭的孩子看见了阿咪，会破涕为笑呢。

我家平日只有四个大人和半个小孩。半个小孩者，便是我女儿的干女儿，住在隔壁，每星期三天宿在家里，四天宿在这里，但白天总是上学。因此，我家白昼往往岑寂，写作的埋头写作，做家务的专心家务，肃静无声，有时竟像修道院。

自从来了阿咪，家中忽然热闹了。厨房里常有保姆的话声或骂声，其对象便是阿咪。室中常有陌生的笑谈声，是送信人或邮递员在欣赏阿咪。来客之中，送信人及邮递员最是枯燥，往往交了信件就走，绝少开口谈话。自从家里有了阿咪，这些客人亲昵得多了。常常因猫而问长问短，有说有笑，送出了信件还是留连不忍遽去。

访客之中，有的也很枯燥无味。他们是为公事或私事或礼貌而来的，谈话有的规矩严肃，有的啰苏疙瘩，有的虚空无聊，谈完了天气之后只得默守冷场。然而自从来了阿咪，我们的谈话有了插曲，有了调节，主客都舒畅了。

有一个为正经而来的客人，正在侃侃而谈之时，看见阿咪姗姗而来，注意力便被吸引，不能再谈下去，甚至我问他也不回答了。

又有一个客人向我叙述一件颇伤脑筋之事，谈话冗长曲折，连听者也很吃力。谈至中途，阿咪蹦跳而来，无端地仰卧在我面前了。这客人正在愤慨之际，忽然转怒为喜，停止发言，赞道："这猫很有趣！"便欣赏它，抚弄它，获得了片时的休息与调节。

有一个客人带了个孩子来。我们谈话，孩子不感兴趣，在旁枯坐。我家此时没有了小主人可陪小客人，我正抱歉，忽然阿咪从沙发下钻出，抱住了我的脚。于是大小客人共同欣赏阿咪，三人就团结一气了。

后来我应酬大客人，阿咪替我招待小客人，我这主人就放心了。原来小朋友最爱猫，和它厮伴半天，也不厌倦；甚至被它抓出了血也情愿。因为他们有一共通性：活泼好动。

女孩子更喜欢猫，逗它玩它，抱它喂它，劳而不怨。因为她们也有个共通性：娇痴亲昵。

写到这里，我回想起已故的黄猫来了。这猫名叫"猫伯伯"。在我们故乡，伯伯不一定是尊称。我们称鬼为"鬼伯伯"，称贼为"贼伯伯"。故猫也不妨称为"猫伯伯"。大约对于特殊而引人注目的人物，都可讥讽的称之为伯伯。这猫的确是特殊而引人注目的。我的女儿最喜欢它。

有时她正在写稿，忽然猫伯伯跳上书桌来，面对着她。端端正正地坐在稿纸上了。她不忍驱逐，就放下了笔，和它玩耍一会。有时它竟盘拢身体，就在稿纸上睡觉了，身体仿佛一堆牛粪，正好装满了一张稿纸。

有一天，来了一位难得光临的贵客。我正襟危坐，专心应对。

"久仰久仰"，"岂敢岂敢"，有似演剧。忽然猫伯伯跳上矮桌来，嗅嗅贵客的衣袖。我觉得太唐突，想赶走它。

贵客却抚它的背，极口称赞："这猫真好！"话头转向了猫，紧张的演剧就变成了和乐的闲谈。后来我把猫伯伯抱开，放在地上，希望它去了，好让我们演完这一幕。岂知过得不久，忽然猫伯伯跳到沙发背后，迅速地爬上贵客的背脊，端端正正地坐在他的后颈上了！

这贵客身体魁梧奇伟，背脊颇有些驼，坐着喝茶时，猫伯伯看来是个小山坡，爬上去很不吃力。此时我但见贵客的天官赐福的面孔上方，露出一个威风凛凛的猫头，画出来真好看呢！

我以主人口气呵斥猫伯伯的无理，一面起身捉猫。但贵客摇手阻止，把头低下，使山坡平坦些，让猫伯伯坐得舒服。如此甚好，我也何必做杀风景的主人呢？于是主客关系亲密起来，交情深入了一步。

可知猫是男女老幼一切人民大家喜爱的动物。猫的可爱，可说是群众意见。

而实际上，如上所述，猫的确能化岑寂为热闹，变枯燥为生趣，转懊恼为欢笑；能助人亲善，教人团结。即使不捕老鼠，也有功于人生。那么我今为猫写照，恐是未可厚非之事吧？

猫伯伯行年四岁，短命而死。这阿咪青春尚只有三个月。希望它长寿健康，像我老家的老猫一样，活到十八岁。这老猫是我的父亲的爱物。父亲晚酌时，它总是端坐在酒壶边。父亲常常摘些豆腐干喂它。六十年前之事，今犹历历在目呢。

作父亲

丰子恺

我不说下去了。因为下面的话是"看见
好的嘴上不可说好，想要的嘴上不可说要。"
倘再进一步，就要变成"看见好的嘴上应该
说不好，想要的嘴上应该说不要"了。在这
一片天真烂漫光明正大的春景中，向哪里容
藏这样教导孩子的一个父亲呢?

楼窗下的弄里远远地传来一片声音："咿哟，咿哟……"渐近渐响起来。

一个孩子从算草簿中抬起头来，张大眼睛倾听一会，"小鸡！小鸡！"叫了起来。四个孩子同时放弃手中的笔。飞奔下楼，好像路上的一群麻雀听见了行人的脚步声而飞去一般。

我刚才扶起他们所带倒的凳子，拾起桌子上滚下去的铅笔，听见大门口一片呐喊："买小鸡！买小鸡！"其中又混着哭声。连忙下楼一看，原来元草因为落伍而狂奔，在庭中跌了一跤，跌痛了膝盖不能再跑，恐怕小鸡被哥哥姊姊们买完了轮不着他，所以激烈地哭着。我扶了他走出大门口，看见一群孩子正向一个挑着一担"咿哟，咿哟"的人招呼，欢迎他走近来。元草立刻离开我，上前去加入团体，且跳且喊："买小鸡！买小鸡！"泪珠跟了他的一跳一跳而从脸上滴到地上。

孩子们见我出来，大家回转身来包围了我。"买小鸡！买小鸡！"的喊声由命令的语气变成了请愿的语气，喊得比以前更响了。他们仿佛想把这些音蓄入我的身体中，希望它们由我的口上开出来。独有元草直接拉住了担子的绳而狂喊。

我全无养小鸡的兴趣；且想起了以后的种种麻烦觉得可怕。但乡居寂寥，绝对屏除外来的诱惑而强迫一群孩子在看惯的几间屋子里隐居这一个星期日，似也有些残忍。且让这个"咿哟，咿哟"来打破门庭的岑寂，当作长闲的春昼的一种点景吧。我就招呼挑担的，叫他把小鸡给我们看看。

他停下担子，揭开前面的一笼。"咿哟，咿哟"的声音忽然放大，但见一个细网的下面，蠕动着无数可爱的小鸡，好像许多活的雪球。五六个孩子蹲集在笼子的四周，一齐倾情地叫着"好来！好来！"一瞬间我的心也屏绝了思虑而没入在这些小动物的姿态的美中，体会了孩子们对于小鸡的热爱的心情。许多小手伸入笼中，竞指一只纯白的小鸡，有的几乎要隔网捉住它。挑担的忙把盖子无情地盖上，许多"咿哟，咿哟"的雪球和一群"好来，

"好来"的孩子，便隔着咫尺天涯了。孩子们怅望笼子的盖，依附在我的身边，有的伸手摸我的袋。我就向挑担的人说话：

"小鸡卖几钱一只？"

"一块洋钱四只。"

"这样小的，要卖二角半钱一只？可以便宜些否？"

"便宜勿得，二角半钱最少了。"

他说过，挑起担子就走。大的孩子脉脉含情地目送他，小的孩子拉住了我的衣襟而连叫"要买！要买！"挑担的越走得快，他们喊得越响。我摇手止住孩子们的喊声，再向挑担的问：

"一角半钱一只卖不卖？给你六角钱买四只吧！"

"没有还价！"

他并不停步，但略微旋转头来说了这一句话，就赶紧向前面跑，"咿哟，咿哟"的声音渐渐地远起来了。

元草的喊声就变成哭声。大的孩子锁着眉头不绝地探望挑者的背影，又注视我的脸色。我用手掩住了元草的口，再向挑担人远远地招呼：

"二角大洋一只，卖了吧！"

"没有还价！"

他说过便昂然地向前进行，悠长地叫出一声"卖——小——鸡——！"其背影便在弄口的转角上消失了。我这里只留着一个号啕大哭的孩子。

对门的大嫂子曾经从矮门上探头出来看过小鸡，这时候便拿着针线走出来倚在门上，笑着劝慰哭的孩子说：

"不要哭！等一会儿还有担子挑来，我来叫你呢！"她又笑向我说：

"这个卖小鸡的想做好生意。他看见小孩子们哭着要买，越是不肯让价了。昨天坍墙圈里买的一角洋钱一只，比刚才的还大一半呢！"

我对她答话了几句，便拉了哭着的孩子回进门来。别的孩子也懒洋洋地跟了进来。我原想为长闲的春昼找些点缀而走出门口的；不料讨个没趣，扶了一个哭着的孩子而回进来。庭中的柳树正在骀荡的春光中摇曳柔条，堂前的燕子正在安稳的新巢上低徊软语。我们这个刁巧的挑担者和痛哭的孩子，在这一片和平美丽的春景中很不调和啊！

关上大门，我一面为元草揩拭眼泪，一面对孩子们说："你们大家说'好来，好来'，'要买，要买'，那人便不肯让价了！"

小的孩子听不懂我的话，继续唏嘘着；大的孩子听了我的话若有所思。我继续抚慰他们：

"我们等一会儿再来买罢，隔壁大妈会喊我们的。但你们下次……"

我不说下去了。因为下面的话是"看见好的嘴上不可说好，想要的嘴上不可说要。"倘再进一步，就要变成"看见好的嘴上应该说不好，想要的嘴上应该说不要"了。在这一片天真烂漫光明正大的春景中，向哪里容藏这样教导孩子的一个父亲呢？

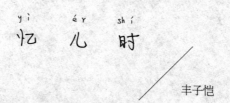

忆儿时

丰子恺

　　我的黄金时代很短，可怀念又只有这三件事。不幸而都是杀生取乐，都使我永远忏悔。

（一）

我回忆儿时，有三件不能忘却的事。

第一件是养蚕。那时我五六岁时、我的祖母在日的事。我的祖母是一个豪爽而善于享乐的人，良辰佳节不肯轻轻放过。养蚕也每年大规模地举行。其实，我长大后才晓得，祖母的养蚕并非专为图利，叶贵的年头常要蚀本；然而她喜欢这暮春的点缀，故每年大规模地举行。我所喜欢的是，最初是蚕落地铺。那时我们的三开间的厅上、地上统是蚕，架着经纬的跳板；以便通行及饲叶。蒋五伯挑了担到地里去采叶，我与诸姐跟了去；去吃桑葚。蚕落地铺的时候，桑葚已很紫很甜了，比杨梅好吃得多。我们吃饭之后，又用一张大叶做一只碗，采了一碗桑葚，跟了蒋五伯回来。蒋五伯饲蚕，我就可以走跳板为戏乐，常常失足翻落地铺里，压死许多蚕宝宝，祖母忙喊蒋五伯抱我起来，不许我再走。然而这满屋的跳板，像棋盘街一样，又很低，走起来一点也不怕，真有乐趣。这真是一年一度的难得的乐事！所以虽然祖母禁止，我总是每天要去走。

蚕上山之后，全家静静守护，那时不许小孩子们噪了，我暂时感到沉闷。然而过了几天，采茧，做丝，热闹的空气又浓起来。我们每年照例请牛桥头七娘娘来做丝。蒋五伯每天买枇杷和软糕来给采茧、做丝、烧火的人吃。大家认为现在是辛苦而有希望的时候，应该享受这点心，都不客气地取食，我也无功受禄地天天吃多量的枇杷与软糕，这又是乐事。

七娘娘做丝休息的时候，捧了水烟筒，伸出她左手上的短少半段的小指给我看，对我说：做丝的时候，丝车后面，是万万不可走近去的。她的小指，便是小时候不留心被丝车轴棒轧脱的。她又说："小囝囝不可走近丝车后面去，只管坐在我身旁，吃枇杷，吃软糕。还有做丝做出来的蚕蛹，叫妈妈油炒一炒，真好吃哩！"然而我始终不要吃蚕蛹，大概是我爸爸和诸姐都不吃的缘故。我所乐的，只是那时候家里的非常的空气。日常固定不动的堂窗、长台、八仙椅子，都收拾去，而变成不常见的丝车、匾、缸。又不断地公然地可以吃小食。

丝做好后，蒋五伯口中唱着"要吃枇杷，来年蚕罢"，收拾丝车，恢复一切陈设。我感到一种兴尽的寂寥。然而对于这种变换，倒也觉得新奇而有趣。

现在我回忆这儿时的事，常常使我神往！祖母、蒋五伯、七娘娘和诸姐都像童话里、戏剧里的人物了。且在我看来，他们当时这剧的主人公便是我。何等甜美的回忆！只是这剧的题材。现在我仔细想想觉得不好：养蚕做丝，在生计上原是幸福的，然其本身是数万的生灵的杀虐！《西青散记》里面有两句仙人的诗句："自织藕丝衫子嫩，可怜辛苦赦春蚕。"安得人间也发明织藕丝的丝车，而尽赦天下的春蚕的性命！

我七岁上祖母死了，我家不复养蚕。不久父亲与诸姐弟相继死亡，家道衰弱了，我的幸福的儿时也过去了。因此这回忆一面使我永远神往，一面又使我永远忏悔。

（二）

第二件不能忘却的事，是父亲的中秋赏月。而赏月之乐的中心，在于吃蟹。我的父亲中了举人之后，科举就废，他无事在家，每天吃酒，看书。他不要吃羊、牛、猪肉，而喜欢吃鱼、虾之类。而对于蟹，尤其喜欢。自七八月起直到冬天，父亲平日的晚酌规定吃一只蟹，一碗隔壁豆腐店里买来的开锅热豆腐干的碎瓷盖碗，一把水烟筒，一本书，桌子角上一只端坐的老猫。我脑中这印象非常深刻，到现在还可以清楚地浮现出来。我在旁边看，有时他给我一只蟹脚或半块豆腐干。然我喜欢蟹脚。蟹的味道真好，我们五个姊妹兄弟，都喜欢吃，也是为了父亲喜欢吃的缘故。只有母亲与我们相反，喜欢吃肉，而不喜欢又不会吃蟹，吃的时候常常被蟹螯上的刺刺开手指，出血；而且抉剔得很不干净。父亲常常说她是外行。父亲说：吃蟹是风雅的事。吃法也要内行才懂得。先折蟹脚，后开蟹斗……脚上的拳头（即关节）里的肉怎样才能吃干净，脐里的肉怎样可以剔出……脚爪可以当作剔肉的针……蟹螯上的骨头可以拼成一只很好看的蝴蝶……父亲吃蟹真是内行，吃得非常干净。所以陈妈妈说："老爷吃下来的蟹壳，真是蟹壳。"

蟹的储藏所，就在天井角落里的缸里，经常总养着十来只。到了七夕、七月半、中秋、重阳等节候上，缸里的蟹就满了，那时我们都有得吃，而且每人得吃一大只，或一只半。尤其是中秋一天，兴致更浓，在深黄昏，移桌子到隔壁的白场上的月光下面去吃。更深人静，明月底下只有我们一家的人，恰好围成一桌，此外只有一个供差使的红英坐在旁边。大家谈笑，看月亮，他们——父亲和诸姐——直到月落明光，我则半途睡去，与父亲和诸姐不分而散。

这原是为了父亲嗜蟹，以吃蟹为中心而举行的。故这种夜宴，不仅限于中秋，有蟹的季节里的月夜，无端也要举行数次。不过不是良辰佳节，我们少吃一点。有时两人分吃一只。我们都学父亲，剥得很精细，剥出来的肉不是立刻吃的，都积攒在蟹斗里，剥完之后，放一点姜醋，拌一拌，就作为下饭的菜，此外没有别的菜了。因为父亲吃菜是很省的，而且他说蟹是至味，吃蟹时混吃别的菜肴，是乏味的。我们也学他，半蟹斗的蟹肉，过两碗饭还有余，就可得父亲的称赞，又可以白口吃下余多的蟹肉，所以大家都勉励节省。现在回想那时候，半条蟹腿肉要过两大口饭，这滋味真好！自父亲死了以后，我不曾再尝这种好滋味。现在，我已经自己做父亲，况且已经茹素，当然永远不会再尝这滋味了。唉！儿时欢乐，何等使我神往！

然而这一剧的题材，仍是生灵的杀虐！因此这回忆一面使我永远神往，一面又使我永远忏悔。

（三）

第三件不能忘却的事，是与隔壁豆腐店里的王囡囡的交游，而这交游的中心，在于钓鱼。

那是我十二三岁时的事，隔壁豆腐店里的王囡囡是当时我的小伴侣中的大阿哥。他是独子，他的母亲、祖母和大伯，都很疼爱他，给他许多的钱和玩具，而且每天放任他在外游玩。他家与我家贴邻而居。我家的人们每天赴市，必须经过他家的豆腐店的门口，两家的人们朝夕相见，互相来往。小孩子们也朝夕相见，互相来往。此外他家对于我家似乎还有一种邻人以上的深切的交谊，故他家的人对于我特别要好，他的祖母常常拿自产的豆腐干、豆腐衣等来送给我父亲下酒。同时在小侣伴中，王囝囝也特别和我要好。他的年纪比我大，气力比我好，生活比我丰富，我们一道游玩的时候，他时时引导我，照顾我，犹似长兄对于幼弟。我们有时就在我家的染坊店里的榻上玩耍，有时相偕出游。他的祖母每次看见我俩一同玩耍，必叮嘱囝囝好好看待我，勿要相骂，我听人说，他家似乎曾经患难，而我父亲曾经帮他们忙，所以他家大人们吩咐王囝囝照应我。

我起初不会钓鱼，是王囝囝教我的。他叫大伯买两副钓竿，一副送我，一副他自己用。他到米桶里去捉许多米虫，浸在盛水的罐头里，领我到木场桥去钓鱼。他教给我看，先捉起一个米虫来，把钓钩从虫尾穿进，直穿到头部。然后放下水去。他又说："浮珠动一动，你要立刻拉，那么钩子钩住鱼的颚，鱼就逃不脱。"我照他所教的试验，果然第一天钓了十几头白条，然而都是他帮我拉钓竿的。

第二天，他手里拿了半罐头扑杀的苍蝇，又来约我去钓鱼。途中他对我说："不一定是米虫，用苍蝇钓鱼更好。鱼喜欢吃苍蝇！"这一天我们钓了一小桶各种的鱼。回家的时候，他把鱼桶送到我家里，说他不要。我母亲就叫红英去煎一煎，给我下晚饭。

自此以后，我只管喜欢钓鱼。不一定要王囝囝陪去，自己一人也去钓，又学得了掘蚯蚓来钓鱼的方法。而且钓来的鱼，不仅够自己下晚饭，还可送给店里的人吃，或给猫吃，我记得这时候我的热心钓鱼，不仅出于游戏欲，又有几分功利的兴味在内。有三四个夏季，我热心于钓鱼，给母亲省了不少的菜蔬钱。

后来我长大了，赴他乡入学，不复有钓鱼的工夫。但在书中常常读到赞咏钓鱼的文句，例如什么"独钓寒江雪"，什么"渔樵寄此身"，才知道钓鱼原来是很风雅的事。后来又晓得所谓"游钓之地"的美名称，是形容人的故乡的。我大受其煽惑，为之大发牢骚：我想"钓鱼确是雅的，我的故乡，确是我的游钓之地，确是可怀的故乡"。但是现在想想，不幸而这题材也是生灵的杀虐！

我的黄金时代很短，可怀念又只有这三件事。不幸而都是杀生取乐，都使我永远忏悔。

吃食和文学

汪曾祺

最要紧的是对生活的兴趣要广一点。

　　我有一次买牛肉。排在我前面的是一个中年妇女，看样子是个知识分子，南方人。轮到她了，她问卖牛肉的："牛肉怎么做？"我很奇怪，问："您没有做过牛肉？"——"没有。我们家不吃牛羊肉。"——"那您买牛肉——？"——"我的孩子大了，他们会到外地去。我让他们习惯习惯，出去了好适应。"这位做母亲的用心良苦。我于是尽了一趟义务，把她请到一边，讲了一通牛肉的做法，从清炖、红烧、咖喱牛肉，直到广东的蚝油炒牛肉、四川的水煮牛肉、干煸牛肉丝……

有人不吃羊肉。我们到内蒙古去体验生活。有一位女同志不吃羊肉，——闻到羊肉气味都恶心，这可苦了。她只好顿顿吃开水泡饭，吃咸菜。看见我吃手抓羊肉、羊贝子（全羊）吃得那样香，直生气！

有人不吃辣椒。我们到重庆去体验生活。有几个女演员去吃汤圆，进门就嚷嚷："不要辣椒！"卖汤圆的冷冷地说："汤圆没有放辣椒的！"

许多东西不吃，"下去"，很不方便。到一个地方，听不懂那里的话，也很麻烦。

我们到湘鄂赣去体验生活。在长沙，有一个同志的鞋坏了，去修鞋，鞋铺里不收。"为什么？"——"修鞋的不好过。"——"什么？"——"修鞋的不好过！"我只得给他翻译一下，告诉他修鞋的今天病了，他不舒服。上了井冈山，更麻烦了：井冈山说的是客家话。我们听一位队长介绍情况，他说这里没有人肯当干部，他挺身而出，他老婆反对，说是"辣子毛补，两头秀腐"——"什么什么？"我又得给他翻译："辣椒没有营养，吃下去两头受苦。"这样一翻译可就什么味道也没有了。

我去看昆曲，《打虎游街》《借茶活捉》……好戏。小丑的苏白尤其传神，我听得津津有味，不时发出笑声。邻座是一个唱花且的京剧女演员，她听不懂，直着急，老问："他说什么？说什么？"我又不能逐句翻译，她很遗憾。

我有一次到民族饭店去找人，身后有几个少女在叽叽呱呱地说很地道的苏州话。一边的电梯来了，一个少女大声招呼她的同伴："乖面乖面（这边这边）！"

我回头一看：说苏州话的是几个美国人！

我们那位唱花旦的女演员在语言能力上比这几个美国少女可差多了。

一个文艺工作者、一个作家、一个演员的口味最好杂一点，从北京的豆汁到广东的龙虱都尝尝（有些吃的我也招架不了，比如贵州的鱼腥草）；耳音要好一些，能多听懂几种方言，四川话、苏州话、扬州话（有些话我也一句不懂，比如温州话）。否则，是个损失。

口味单调一点、耳音差一点，也还不要紧，最要紧的是对生活的兴趣要广一点。

牙　疼

汪曾祺

　　人不能尽在艺术中呼吸，也还有许多实
际问题。

　　我的牙齿好几年前就开始龋蛀了。我知道它真的不是一点都没有坏，是因为它时常要发炎作痛。"牙疼不是病，疼起来要人命"，说得一点不错。好家伙，真够瞧的。一直懒得去看医生，因为怕麻烦。说老实话，我这人胆子小，甚么事都怯得很。医牙，我没有经验，完全外行。这想必有许多邮局、银行一样的极难搞得明白的手续吧。一临到这种现代文明的杰作的手续，我张皇失措，窘态毕露，十分可笑，无法遮掩。而且我从来没有对牙医院、牙医士有过一分想像。他们用甚么样的眼睛看人？那个房间里飘忽着一种甚么感觉？我并不"怕"，我小时候生过一次对口，一个近视得很厉害的老医生给我开刀，他眼镜丢了好几年，眯楂朦胧之中，颤颤巍巍为我画了个口子；我不骗你，骗你干甚么，他没用麻药；我哼都没哼一声，只把口袋里带的大蜜枣赶紧塞一个到口里去，抬一抬头看看正用微湿泪光的眼睛看我的父亲。我不去医牙完全是不习惯，不惯到一个生地方，不惯去见一丝毫不清楚他底细的人。——这跟我不嫖妓实出于同一心理。我太拘谨，缺少一点产生一切浪漫故事的闯劲。轻重得失那么一权衡，我怎么样都还是宁愿一次又一次的让它疼下去。

初初几次，沉不住气，颇严重了一下。因为看样子，一点把握都没有，不知道一疼要疼多少时候，疼到一个甚么程度。慢慢经过仗阵，觉得也不过如此。"既有价钱，总好讲话。"牙是生出来的，疼的是我自己，又不是我要它疼的，似乎无庸对任何人负责，因此心安理得。既然心安理得，就无所谓了。——我也还有几个熟人朋友，虽未必痛痒相关，眼看着我挤眼裂嘴，不能一点无动于衷。这容易，我不在他们面前，在他们面前少挤挤裂裂就是了。单就这点说，我很有绅士风度。事实上连这都不必。朋友中有的无牙疼经验，子非鱼，他不明白其中滋味，看到的不过是我的眼睛在那儿挤，嘴在那儿裂而已，自无所用其恻隐之心。多数牙也疼过（我们那两年吃的全差不多），则大半也是用跟我一样的方法对付过去。忍过事则喜，于此有明证焉。他们自己也从未严重，当然不必婆婆妈妈的来同情慰问我。想来极为惋惜，那时为甚么不成立一个牙疼俱乐部，没事儿三数人聚一聚，集体牙疼一下呢，该是多好玩的事？当时也计划过，认为有事实上的困难。（牙疼呀，你是我们的誓约，我们的纹徽，我们的国，我们的城。）慰情聊胜无，我们就不时谈谈各人牙疼的风格。这也难得很。说来说去，不外是从发痒的小腹下升起一种狠，足够把桌上的砚台、自己的手指咬下一段来；腿那么蜷曲起来，想起弟弟生下来几天被捺下澡盆洗身子，想起自己也那么着过；牙疼若是画出来，一个人头，半边惨绿，半爿炽红，头上密布古象牙的细裂纹，从脖子到太阳穴扭动一条斑斓的小蛇，蛇尾开一朵（甚么颜色好呢）的大花，牙疼可创为舞，以黑人祭天的音乐伴奏，哀楚欲绝，低抑之中透出狂野无可形容。……以此为题，谈话不够支持两小时。此可见我们既缺乏自我观照，又复拙于言词，不会表现。至于牙疼之饶有诗意，则同人等皆深领默会的。曾经写过两行，写的是春天：

> 看一个孩子放也放不上他的风筝，
>
> 独自玩弄着一半天的比喻和牙疼。

诗写得极坏，唯可作死心塌地的承认牙疼的艺术价值的明证耳。我们接受上天那么多东西，难道不能尽量学习欣赏这个可遇而不可求的奇境吗？吓。

但人不能尽在艺术中呼吸，也还有许多实际问题。首先，牙一疼影响作事。这个东西解又解不下来，摔又摔不掉，赶又赶不走，像夏天粘在耳根的营营的蚊雷，有时会教人失去平和宁静的；想不得，坐不住，半天写不出两行。有一回一个先生教我做一篇文章，到了交卷限期，没有办法，我只有很惭愧的把一堆断稿和一个肿得不低的腮拿给他看。他一句话不说，出去为我买了四个大黄果，令我感动得像个小姑娘，想哭——这回事情我那先生不知还记不记得？再有，牙疼了不好吃东西，要喝牛奶，买一点软和的点心，又颇有困难。顾此失彼，弄得半饱半饥，不大愉快。而且这也影响工作。最重要的，后来一到牙疼，我就不复心安理得，老是很抱歉似的了。因为这不复是我一个人的事情。有一个人要来干涉我的生活，我一疼，她好像比我还难过。她跟我那位先生一样好几个牙都是拔了又装过的。于是就老想，哪一天一定去拔，去医。

这时两边的牙多已次第表演过，而左下第二臼齿则完全成了一口井。不时缤纷的崩下一片来，有的半透明，有的枯白色，有的发灰，吃汤团时常裹在米粉馅心之间，吐出来实不大雅观。而且因为一直不用左边的牙，右边嚼东西就格外著力，日子久了，我的脸慢慢显得歪起来。天天看见的不大觉着，我自己偶尔照镜，明白有数。到了有一次去照相馆拍照，照相技师让我偏一点坐，说明因为我的脸两边不大一样。我当时一想，这家伙不愧是个照相技师，对于脸有研究、有经验！而我的脸一定也歪到一个不容忽视的地步了。我真不愿意脸上有特色引人注意，而且也还有点爱漂亮的，这个牙既然总要收拾的，就早点吧。——当然我的脸歪或许另有原因。但我找得出来的“借口”是牙。

那个时候，我在昆明。昆明有个三一圣堂，三一圣堂有个修女，为人看牙。都说她治得很好，不敲钉锤，人还满可爱的；联大同学去，她喜欢跟你聊，聊得很有意思。多有人劝我一试。我除了这里不晓得有别的地方，颇想去看看那个修女去了。不过我总觉得牙医不像别的医生。我很愿意我父亲或儿子是个医士，我喜欢医生的职业风度。可我不大愿意他们是牙医。一则医生有老的，有年轻的，而我所见的牙医好像总是那么大年纪，仿佛既不会大起来，也没有小过，富有矿物性。牙医生我总还以为不要学问，就动动家伙，是一种手艺人。我总忘不了撑个大布伞，挂个大葫芦，以一串血渍淋漓的（我小时疑心是从死人口里拔下来的）特别长大牙齿作招牌的江湖郎中。一个女的，尤其一个修道女做这种拿刀动钳子事情，我以为不大合适。"拔"，这是个多厉害的字！但这是她的事，我管不了。有时我脑子清醒，也把医牙与宗教放在一起想过，以为可以有连通地方。我记得很清楚，我曾经三次有叩那个颇为熟习的小门的可能。第一次，我痛了好几天，到了晚上，S陪着我，几乎是央求了，让我明天一定去看。我也下了决心。可第二天，天一亮，她来找我，我已经披了衣服坐在床上给她写信了。信里第一句是：

　　"赞美呀，一夜之间消褪于无形的牙疼。"

　　她知道我脾气，既不疼了，决不肯再去医的，还是打主意给我弄点甚么喜欢吃的东西去。第二次，又疼了，肿得更高，那一块肉成了一粒樱樱色的葡萄。不等她说，我先开口，"去，一定去。"可是去了，门上一把锁，是个礼拜天。礼拜天照例不应诊。

我拍掌而叫，"顶好！"吃了许多舒发药片，也逐渐落了下去，如潮，那个疼。我们那时住在乡下，进城一趟不容易，趁便把准备医牙的钱去看了一场电影。我向她保证，一定看得很舒服，比医医牙更有益，果然。第三次，则教我决定了不再去了，那位修道女回了国，换了另一个人在那里挂牌。不单是我，S也是，一阵子惆怅。她比我还甚，因为修女给她看过牙，她们认得。她一直想去看看她，有一个小纪念礼物想在她临走之前送她带去的。人走了，只有回去了。回去第一件事是在许多书里翻出那个修女所送的法文书简集，想找出夹在里头的她的本国地址。可是找来，找去，找不着。这本书曾经教一个人拿去看过，想是那时遗落了。这比牙疼令人难过得多。我们说，一本精致一点的通讯册是不可少的，将来一定要买。战争已经结束了，人家都已返国了，我们也有一个时候会回乡的吧。

还好，又陆陆续续疼了半年，疼得没有超过记录，我们当真有机会离开云南了。S回福建省亲，我只身来到上海。上海既不是我的家乡，而且与我呆了前后七年的昆明不同。到上海来干甚么呢？你问我，我问谁去！找得出的理由是来医牙齿了。S临别，满目含泪从船上扔下一本书来，书里夹一纸条，写的是

"这一去，可该好好照顾自己了。找到事，借点薪水，第一是把牙治一治去。"

感激我的师友，他们奔走托付，（还不告诉我，）为我找到一个事。我已经做了半年多，而且我一个牙齿也拔掉了。

轻慢拨了几回，终于来了一个暴风式的旋律。我用舌头舔舔我那块肉，我摸不到我自己，肿把我自己跟自己隔开了。我看别人工作那么紧张，那么对得起那份薪水，我不好意思请假。我跟学生说，因为牙不大舒服，说话不大清楚，脑子也不顶灵活，请他们原谅我。下了课，想想，还是看医生。前些时我跟一个朋友的母亲谈起过我的牙疼，她说她认得个牙医，去年给她治了好几回，人满好的，我想请她为我介绍一下。我支了二十万块钱理直气壮的去了。

　　哈，我终于正式做了个牙齿病人！也怪，怎么牙医都是广东人，不是姓梁就是姓麦，再不就姓甘！我这位姓梁。他虽然有一种职业的关心，职业的温和，职业的安静谦虚，职业的笑，但是人入世不很深，简直似乎比我还年轻些，一个小孩子。候诊室里挂几张画，看得过去。有一本纪德的书呢。我在沙发上坐了一会，看了几页书，叫我了。进去，首先我对那张披挂穿插得极其幽默的椅子有兴趣。我看他拉拉这，动动那，谨慎而"率"，我信任他。我才一点都不紧张。我告诉他我这个牙有多少年历史，现在已残败不可收拾，得一片一片的拈出来，恐怕相当麻烦吧。我微有歉意，仿佛我早该来让他医，就省事多了。他唯唯答应，细心的检视一遍之后，说："要拔，没有别的办法了。"那还用说！给我用药棉洗了洗，又说一句："两万块。别人要两万五，× 老太太介绍，少一点。"我简直有点欢喜又有点失望了，就这么点数目。我真想装得老一点，说"孩子，拔吧"。打了麻药针，他问我麻不麻。甚么叫"麻"呢，我没有麻过的经验，但觉得隔了一层，我就点头。他俐俐落落的动钳子了。没有费甚么事，一会儿工夫牙离了我，掉在盘子里。分两块，还相当大，看样子傻里瓜几，好像没睡醒。我看不出它有甚么调皮刁钻。我猜它已经一根一根的如为水腐蚀得精瘦的桥桩，是完全错误。于此种种，得一教训，即凡事不可全凭想像。梁医生让我看了牙，问我："要不要？"唔？要它干甚么？我笑了笑。我想起一个朋友在昆明医院割去盲肠，医生用个小玻璃瓶子装了酒精把割下来的一段东西养在里头，也问他："要不要？"他斜目一看，问医生："可以不可以炒了吃？"我这两块牙不见得可以装在锦盒里当摆设吧，我摇摇头。当的一声，牙扔在痰盂里了。我知道，这表示我身体中少了一点东西了，这是无法复原的。有人应当很痛惜，很有感触。我没有，我只觉得轻松。稍为优待自己一下，我坐了三轮车回来。车上我想，一切如此简单，下回再有人拔牙，我愿意为他去"把场"。

第二天第三天我又去换了换药，梁医生说，很好，没有事了。原来有点零碎牙的地方，用舌尖探了探，空空的，不大习惯。长出一块新肉，肉很软，很嫩，有如蛤蜊。肉长得那么快，我有点惊奇。我这个身体里还积蓄不少机能，可以供我挥霍，神妙不可思议，多美！我好像还舍不得离开那张躺着很舒服的椅子，这比理发店的椅子合乎理想得多。他这屋里的阳光真好，亮得很。我半年没见过好好的太阳，我那间屋子整天都是黄昏。看一看没有别的病人，静静的，瓶里花香，我问梁医生："你没有甚么事吧？我可以不可以抽一支烟？"他不抽烟，给我找了个火。我点着烟，才抽了一口，我决不定是跟他谈纪德的《地粮》对于病人的影响还是问问他到上海来多少时候，有时是不是寂寞。而梁开口了："你牙齿坏了不少，我给你检查检查看。"好。他用一根长扦子拨拨弄弄（一块不小的石粒子迸出来），他说："你有八个牙须要收拾，一个要装，两个补；三个医一医，医了补；另外两个，因为补那个牙，须锉一锉，修一修。"他说得不错，这些牙全都表演过。他在一张纸上加加减减，改改涂涂，像个小学生做算术，凑得数凑不上来，我真想帮他一手。最后算出来了，等于24万。算着算着，我觉得真是不能再少了，而一面头皮有点痒起来。我既感激又抱歉。感激他没有用算盘，我最怕看人打算盘打得又快又准确。抱歉的是我一时没有那么多钱。我笑了笑，说："月底我再来吧。"我才抽了一口的那根香烟，因为他要检查牙，取下放在烟灰碟里的，已经全烧完了。看了它一眼，我可该走了。

出了门，我另外抽了根烟。梁说那个牙要是不装，两边的牙要松，要往缺口这儿倒；上头那个牙要长长。长长，唔，我想起小时看过些老太婆，一嘴牙落完了，留得孤门门的一个，长得伸出嘴唇外头，觉得又好玩又可怕。唔，我这个牙？……不致于。而且梁家孩子安慰我说短时间没有关系。我要是会吹口哨，这时我想一路吹回去。八年抗战，八颗牙齿，怎么这么巧！

这又早过了好几个月底了，那个缺口已经没有甚么不惯，仿佛那里从来也没有过一个甚么牙齿。我渐渐忘了我有一件很伟大的志气须完成，这些牙须要拾掇一下。我没有理由把我安排得那么精美的经济设计为此而要经过一番大修改。我不去唱戏，脸歪不歪也不顶在意。我这人真懒得可以。只是这两天一向偏劳它的右臼齿又微有老熟之意，教我不得不吃得更斯文，更秀气，肚子因而容易饿了，不禁有时心里要动一动。我想起梁的话，牙齿顶好不要拔，可惜的，装上去总不是自己的了。但一切如在日光下进行的事，很平和，似有若无，不留痕迹，顺流而下。我离老还很远，不用老想到身体上有甚么东西在死去。

前天在路上碰着一个人，好面熟，我们点了点头，点得并不僵——这是谁？走过好几步，我这才恍然想起，哦，是给我看牙齿的那个梁医生。我跟他约过……不要紧，在他的职业上，这样的失信人是常常会碰到的。

战争到甚么时候才会结束？战争如海。哼，我这是说到那里去了，殆乎篇成，半折心始，我没想到会说了这么多。真不希望这让 S 看见，她要难过的。

林斤澜！哈哈哈哈……

汪曾祺

斤澜的哈哈笑是很有名的。

这是他的保护色。

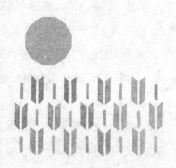

　　我林斤澜这个名字很怪。他原名庆澜，意思是庆祝河水安澜，大概生他那年他们家乡曾遭过一次水灾，后来水退了。不知从哪年，他自己改名"斤澜"。我跟他说过，"斤澜"没讲，他也说：没讲！他们家的人名字都有点怪。夫人叫"古叶"，女儿叫"布谷"。大概都是他给起的。

　　斤澜好怪，好与众不同。他的《矮凳桥风情》里有三个女孩子，三姐妹叫笑翼、笑耳、笑杉。小城镇哪里会有这样的名字呢？我捉摸了很久，才恍然大悟：原来只是小一、小二、小三。笑翼的妈妈给儿女起名字时不会起这样的怪名字的，这都是林斤澜搞的鬼。夏尚质，周尚文，林尚怪。林斤澜被称为"怪味胡豆"，罪有应得。

斤澜曾患心脏病，三十岁就得过一次心肌梗死。后来又得过一次，但都活下来了。六十岁时他就说过他活得已经够了本，再活就是白饶。斤澜的身体不算好，但他不在乎。我这些年出外旅游，总是"逢高不上，遇山而止"，斤澜则是有山就爬。他慢条斯理的，一步一步地走，还误不了看山看水，结果总是他头一个到山顶。一览众山小，笑看众头低。他应该节制饮食，但是他不，每有小聚，他都是谈笑风生，饮啖自若。不论是黄酒、白酒、葡萄酒、啤酒，全都招呼。最近一次，他同时喝了三种酒。人常说酒喝杂了不好，斤澜说"没事"！斤澜爱吃肉，"三天不吃肉就觉得难受"。他吃肉不讲究部位，冰糖肘子、腌笃鲜、蒜泥白肉，都行。他爱吃猪头肉，尤其爱吃"拱嘴"——猪鼻子，以为乃人间之"大美"。他是温州人，说起生吃海鲜，眉飞色舞。吃海鲜，喝黄酒，嘿！不过温州的"老酒汗"（黄酒再蒸一次）我实在喝不出好来。温州人还有一种喝法，在黄酒里加鸡蛋，煮热，这算什么酒！斤澜的吃喝是很平民化的。我和他曾在屯溪街头一小吃店的檐下，就一盘煮螺蛳，一人喝了两瓶加饭。他爱吃豆腐，老豆腐、嫩豆腐、毛豆腐、臭豆腐，都好。煎炒煮炸，都好。我陪他在乐山小饭馆吃了乡坝头上的菜豆花，好！

斤澜的生活是很平民化的。他不爱洗什么桑那浴，愿意在澡塘的大池子里（水很烫）泡一泡，泡得大汗淋漓，浑身作嫩红色。他大概是有几身西服的，但我从未见过他穿了整齐的套服，打了领带。他爱穿夹克，里面是条纹格子衬衫。衬衫就是街上买的，棉料的多，颜色倒是不怕花哨。

斤澜的平民化生活习惯来自于他对生活的平民意识。这种平民意识当然会渗入他的作品。

斤澜的哈哈笑是很有名的。这是他的保护色。斤澜每遇有人提到某人、某事，不想表态，就把提问者的原话重复一次，然后就殿以哈哈的笑声。"×××，哈哈哈哈……""这件事，哈哈哈哈……"把想要从口中掏出他的真实看法的新闻记者之类的人弄得莫名其妙，斤澜这种使人摸不着头脑抓不住尾巴的笑声，使他摆脱了尴尬，而且得到一层安全的甲壳。在反右派运动中，他就是这样应付过来的。林斤澜不被打成右派，是无天理。

斤澜极少臧否人物，但是是非清楚，爱憎分明。他一直在北京市文联工作，对市文联的领导，一般干部的遗闻佚事了如指掌。比如老舍挨斗，是他亲眼所见，亲耳所闻，揭发批判老舍的人是赖也赖不掉的。他觉得萧军有骨头有侠气，真是一条汉子。红卫兵想要萧军低头认罪，萧军就是不低头，两腿直立，如同生了根。萧军没有动手，他说："我要是一动手，七八个小青年就得趴下。"红卫兵斗骆宾基，萧军说："你们谁敢动骆宾基一根毫毛！"京剧演员荀慧生病重，是萧军背着他上车的。"文革"后，文联作协批斗浩然，斤澜听着，忽然大叫："浩然是好人哪！"当场昏厥。斤澜平时似很温和，总是含笑看世界，但他的感情是非常强烈的。

因此我说他是"漏网右派"，他也欣然接受。

斤澜对青年作家（现在都已是中年了）是很关心的。对他们的作品几乎一篇不落地都看了，包括一些评论家的不断花样翻新，用一种不中不西希里古怪的语言所写的论文。他看得很仔细，能用这种古怪语言和他们对话。这一点，他比我强得多。

林斤澜！哈哈哈哈……

闻一多先生上课

wén yī duō xiān shēng shàng kè

汪曾祺

能够像闻先生那样讲唐诗的，

并世无第二人。

闻先生性格强烈坚毅。日寇南侵，清华、北大、南开合成临时大学，在长沙少驻，后改为西南联合大学，将往云南。一部分师生组成步行团，闻先生参加步行，万里长征，他把胡子留了起来，声言：抗战不胜，誓不剃须。他的胡子只有下巴上有，是所谓"山羊胡子"，而上髭浓黑，近似一字。他的嘴唇稍薄微扁，目光灼灼。有一张闻先生的木刻像，回头侧身，口衔烟斗，用炽热而又严冷的目光审视着现实，很能表达闻先生的内心世界。

联大到云南后，先在蒙自呆了一年。闻先生还在专心治学，把自己整天关在图书馆里。图书馆在楼上。那时不少教授爱起斋名，如朱自清先生的斋名叫"贤于博弈斋"，魏建功先生的书斋叫"学无不暇籍"，有一位教授戏赠闻先生一个斋主的名称："何妨一下楼主人"。因为闻先生总不下楼。

西南联大校舍安排停当，学校即迁至昆明。

我在读西南联大时，闻先生先后开过三门课：楚辞、唐诗、古代神话。

楚辞班人不多。闻先生点燃烟斗，我们能抽烟的也点着了烟（闻先生的课可以抽烟的），闻先生打开笔记，开讲："痛饮酒，熟读《离骚》，乃可以为名士。"闻先生的笔记本很大，长一尺有半，宽近一尺，是写在特制的毛边纸稿纸上的。字是正楷，字体略长，一笔不苟。他写字有一特点，是爱用秃笔。别人用过的废笔，他都收集起来，秃笔写篆楷蝇头小字，真是一个功夫。我跟闻先生读一年楚辞，真读懂的只有两句"嫋嫋兮秋风，洞庭波兮木叶下"。也许还可加上几句："成礼兮会鼓，传芭兮代舞，春兰兮秋菊，长无绝兮终古。"

闻先生教古代神话，非常"叫座"。不单是中文系的、文学院的学生来听讲，连理学院、工学院的同学也来听。工学院在拓东路，文学院在大西门，听一堂课得穿过整整一座昆明城。闻先生讲课"图文并茂"。他用整张的毛边纸墨画出伏羲、女娲的各种画像，用按钉钉在黑板上，口讲指画，有声有色，条理严密，文采斐然，高低抑扬，引人入胜。闻先生是一个好演员。伏羲女娲，本来是相当枯燥的课题，但听闻先生讲课让人感到一种美，思想的美，逻辑的美，才华的美。听这样的课，穿一座城，也值得。

能够像闻先生那样讲唐诗的，并世无第二人。他也讲初唐四杰、大历十才子、《河岳英灵集》，但是讲得最多，也讲得最好的，是晚唐。他把晚唐诗和后期印象派的画联系起来。讲李贺，同时讲到印象派里的 pointlism（点画派），说点画看起来只是不同颜色的点，这些点似乎不相连属，但凝视之，则可感觉到点与点之间的内在联系。这样讲唐诗，必须本人既是诗人，也是画家，有谁能办到？闻先生讲唐诗的妙悟，应该记录下来。我是个大大咧咧的人，上课从不记笔记。听说比我高一班的同学郑临川记录了，而且整理成一本《闻一多论唐诗》，出版了，这是大好事。

我颇具歪才，善能胡诌，闻先生很欣赏我。我曾替一个比我低一班的同学代笔写了一篇关于李贺的读书报告，——西南联大一般课程都不考试，只于学期终了时交一篇读书报告即可给学分。闻先生看了这篇读书报告后，对那位同学说："你的报告写得很好，比汪曾祺写的还好！"其实我写李贺，只写了一点：别人的诗都是画在白底子上的画，李贺的诗是画在黑底子上的画，故颜色特别浓烈。这也是西南联大许多教授对学生鉴别的标准：不怕新，不怕怪，而不尚平庸，不喜欢人云亦云，只抄书，无创见。

遗嘱

黄苗子

　　如果有达观的人，碰到别人时轻松地说："哈哈！黄苗子死了。"用这种口气宣布我已自动退出历史舞台，这是恰当的，我明白这决不是幸灾乐祸。

一、我已经同几位来往较多的"生前友好"有过约定，趁我们现在还活着之日起，约好一天，会作挽联的带副挽联（画一幅漫画也好），不会作挽联的带个花圈，写句纪念的话，趁我们都能亲眼看到的时候，大家拿出来欣赏一番。这比人死了才开追悼会，哗啦哗啦掉眼泪，更具有现实意义。因此，我坚决反对在我死后开什么追悼会、座谈会，更不许宣读经过上级逐层批审和家属逐字争执仍然言过其实或言不及其实的叫做什么"悼词"。否则，引用郑板桥的话："必为厉鬼以击其脑"。

二、我死之后，如果平日反对我的人"忽发慈悲"，在公共场合或宣传媒介中，大大地恭维我一番，接着就说我生前与他如何"情投意合"，如何对他"推崇备至"，他将誓死"继承我的遗志"等等，换句话说：即凭借我这个已经无从抗议的魂灵去伪装这个活人头上的光环，那么仍然引用郑板桥的那句话："必为厉鬼以击其脑！"

此外，我绝不是英雄，不需要任何人愚蠢地为一个普普通通的人白流眼泪。至于对着一个普普通通的、木知木觉的尸体去嚎啕大哭或潸然流泪，则是更愚蠢的行为，奉劝诸公不要为我这样做（对着别的尸体痛哭，我管不着，不在本遗嘱之限）。如果有达观的人，碰到别人时轻松地说："哈哈！黄苗子死了。"用这种口气宣布我已自动退出历史舞台，这是恰当的，我明白这决不是幸灾乐祸。

三、我和所有人一样，是光着身子进入人世的，我应当合理地光着身子离开（从文明礼貌考虑，也顶多给我尸体的局部盖上一小块旧布就够了）。不能在我死时买一套新衣服穿上或把我生前最豪华的出国服装打扮起来再送进火葬场，我不容许这种身后的矫饰和消费。顺便声明一下，我生前并不主张裸体主义。

流行的"遗体告别"仪式是下决心叫人对死者最后留下最丑印象的一种仪式。我的朋友张正宇，由于"告别"时来不及给他戴上假牙，化装师用棉花塞在他嘴上当牙齿，这一恐怖形象深刻留在我的脑子里，至今一闭目就想起来。因此，绝对不许举行我的遗体告别。即使只让我爱人单独参加的遗体告别。

四、虽然我决不反对别人这样做，但是我不提倡死后都把尸体献给医学院，以免存货过多，解剖不及，有碍卫生。但如果医学院主动"订货"的话，我将预先答允将我的臭皮囊割爱。

五、由于活着时曾被住房问题困扰过，所以我曾专门去了解关于人死后"住房"——骨灰盒的问题，才知道骨灰盒分三十元、六十元、七十五元……按你生前的等级办事，你当了副部长才能购买一百元一个的骨灰盒为你的骨灰安家落户，为此，我吩咐家属：预备一个放过酵母片或别的东西的空玻璃瓶，作为我临时的"寝宫"。这并不是舍不得出钱，只是因为作为一个普通的脑力劳动者，我应当把自己列于"等外"较好。

关于骨灰的处理问题，曾经和朋友们讨论过，有人主张约几位亲友，由一位长者主持，肃立在抽水马桶旁边，默哀毕，就把骨灰倒进马桶，长者扳动水箱把手，礼毕而散。有人主张和在面粉里包饺子，约亲友共同进餐，餐毕才宣布饺子里有我的骨灰，饱餐之后"你当中有我，我当中有你"，倍形亲切，不亦妙哉。但有人认为骨灰是优质肥料，马桶里冲掉了太可惜。后者好是好，但世俗人会觉得"恶心"怕有人吃完要吐。为此，我吩咐我的儿子，把我那小瓶子骨灰拿到他插队的农村里，拌到猪食里喂猪，猪吃肥壮了喂人，往复循环，使它仍然为人民做点有益的贡献。此嘱。

庄周说过一个故事：子桑户、孟子反、子琴张三个人志趣相投，都能"相与于无相与，相为于无相为"，于是"相视而笑，莫逆于心"地做了朋友。但不久，子桑户就死了，孔子急忙派最懂得礼节的子贡去他家帮着筹组治丧委员会。谁知孟子反、子琴张这两位生前友好，早已无拘无束地坐在死者旁边，一边编帘子，一边得意地唱歌弹琴：

> "哎呀，老桑头呀老桑头，
> 你倒好，你已经先返回本真，
> 却把我们仍然留下来做人。"

子贡一见吓了一跳，治丧委员会也告吹了。急忙回去找孔子汇报。姜到底是老的辣，孔子听了，不慌不忙用右手食指蘸点唾沫，在案上方方正正地画了个框框，然后指着子贡说："懂吗？我们是干这个的——是专门给需要这一套的人搞框框的。他们这两个可了不得，一眼就识破了仁义和礼教的虚伪性，所以他们对于我们这些圈套都不值一笑。不过你放心，人类最大的弱点是懒，世世代代安于在我们的圈套里面睡大觉。而这些肯用脑子去想，去打破框框套套的人，却被人目为离经叛道，指为不走正路的二流子、无事生非的傻瓜。他们的道理在很长时期内仍将为正派人所排挤的。子贡，放心吧，我们捧的是铁饭碗，明儿个鲁国的权贵阳货、季桓子、孟献子他们死了，还非得你去组织治丧委员会

不可，因为再也没有像我们孔家的人那样熟悉礼制的了。"（大意采自《庄子·大宗师》）

以上的故事讲完，想到自己虽然身子骨还硬朗，但人到了七十岁，也就是应当留下几句话的时候了，于是写《遗嘱》。

丑　西　湖

徐志摩

泰戈尔来看了中国，发了很大的感慨。他说："世界上再没有第二个民族像你们这样蓄意的制造丑恶的精神。"怪不过老头牢骚，他来时对中国是怎样的期望，他看到的又是怎样一个现实！

　　"欲把西湖比西子，浓妆淡
抹总相宜。"我们太把西湖看得理
想化了。夏天要算是西湖浓妆的
时候，堤上的杨柳绿成一片浓青，
里湖一带的荷叶荷花也正当满艳，
朝上的烟雾，向晚的晴霞，哪样
不是现成的诗料，但这西姑娘你
爱不爱？我是不成，这回一见面
我回头就逃！什么西湖？这简直
是一锅腥臊的热汤！

西湖的水本来就浅，又不流通，近来满湖又全养了大鱼，有四五十斤的，把湖里袅袅婷婷的水草全给咬烂了，水混不用说，还有那鱼腥味儿顶叫人难受。说起西湖养鱼，我听得有种种的说法，也不知哪样是内情：有说养鱼干脆是官家谋利，放着偌大一个鱼沼，养肥了鱼打了去卖不是顶现成的；有说养鱼是为预防水草长得太放肆了怕塞满了湖心，也有说这些大鱼都是大慈善家们为要延寿或是求子或是求财源茂健特为从别地方买了来放生在湖里的，而且现在打鱼当官是不准的。不论怎么样，西湖确是变了鱼湖了。六月以来杭州据说一滴水都没有过，西湖当然水浅得像个干血痨的美女，再加那腥味儿！今年南方的热，说来我们住惯北方的也不易信，白天热不说，通宵到天亮也不见放松，天天大太阳，夜夜满天星，节节高的一天暖似一天。杭州更比上海不堪，西湖那一洼浅水用不到几个钟头的晒就离滚沸不远什么，四面又是山，这热是来得去不得，一天不发大风打阵，这锅热汤，就永远不会凉。我那天到了晚上才雇了条船游湖，心想比岸上总可以凉快些。好，风不来还熬得，风一来可真难受极了，又热又带腥味儿，真叫人发眩作呕，我同船一个朋友当时就病了，我记得红海里两边的沙漠风都似乎较为可耐些！夜间十二点我们回家的时候都还是热虎虎的。还有湖里的蚊虫！简直是一群群的大水鸭子！我一生定就活该。

这西湖是太难了，气味先就不堪。再说沿湖的去处，本来顶清淡宜人的一个地方是平湖秋月，那一方平台，几棵杨柳，几折回廊，在秋月清澈的凉夜去坐着看湖确是别有风味，更好在去的人绝少，你夜间去总可以独占，唤起看守的人来泡一碗清茶，冲一杯藕粉，和几个朋友闲谈着消磨他半夜，真是清福。

我三年前一次去有琴友有笛师，躺平在杨树底下看揉碎的月光，听水面上翻响的幽乐，那逸趣真不易。西湖的俗化真是一日千里，我每回去总添一度伤心：雷峰也羞跑了，断桥折成了汽车桥，哈得在湖心里造房子，某家大少爷的汽油船在三尺的柔波里兴风作浪，工厂的烟替代了出岫的霞，大世界以及什么舞台的锣鼓充当了湖上的啼莺，西湖，西湖，还有什么可留恋的！

这回连平湖秋月也给糟蹋了，你信不信？

"船家，我们到平湖秋月去，那边总还清静。"

"平湖秋月？先生，清静是不清静的，格歇开了酒馆，酒馆着实闹忙哩，你看，望得见的，穿白衣服的人多煞勒瞎，扇子搧得活血血的，还有唱唱的，十七八岁的姑娘，听听看——是无锡山歌哩，胡琴都蛮清爽的……"

那我们到楼外楼去吧。谁知楼外楼又是一个伤心！原来楼外楼那一楼一底的旧房子斜斜的对着湖心亭，几张揩抹得发白光的旧桌子，一两个上年纪的老堂倌，活络络的鱼虾，滑齐齐的莼菜，一壶远年，一碟盐水花生，我每回到西湖往往偷闲独自跑去领略这点子古色古香，靠在阑干上从堤边杨柳荫里望滟滟的湖光，晴有晴色，雨雪有雨雪的景致，要不然月上柳梢时意味更长，好在是不闹，晚上去也是独占的时候多，一边喝着热酒，一边与老堂倌随便讲讲湖上风光、鱼虾行市，也自有一种说不出的愉快。但这回连楼外楼都变了面目！地址不曾移动，但翻造了三层楼带屋顶的洋式门面，新漆亮光光的刺眼，在湖中就望见楼上电扇的疾转，客人闹盈盈的挤着，堂倌也换了，穿上西崽的长袍，原来那老朋友也看不见了，什么闲情逸趣都没有了！我们没办法移一个桌子在楼下马路边吃了一点东西，果然连小菜都变了，真是可伤。泰戈尔来看了中国，发了很大的感慨。他说："世界上再没有第二个民族像你们这样蓄意的制造丑恶的精神。"怪不过老头牢骚，他来时对中国是怎样的期望（也许是诗人的期望），他看到的又是怎样一个现实！狄更生先生有一篇绝妙的文章，是他游泰山以后的感想，他对照西方人的俗与我们的雅，他们的唯利主义与我们的闲暇精神。他说只有中国人才真懂得爱护自然，他们在山水间的点缀是没有一点辜负自然的；实际上他们处处想法子增添自然的美，他们不容许煞风景的事业。他们在山上造路是依着山势回环曲折，铺上本山的石子，就这山道就饶有趣味，他们宁可牺牲一点便利。不愿斫丧自然的和谐。所以他们造的是妩媚的石径；欧美人来时不开马路就来穿山的电梯。他们在原来的石块上刻上美秀的诗文，漆成古色的青绿，在苔藓间掩映生趣；反之在欧美的山石上只见雪茄烟与各种生意的广告。他们在山林丛密处透出一角寺院的红墙，西方人起的是几层楼嘈杂的旅馆。听人说中国人得效法欧西，我不知道应得自觉虚心做学徒的究竟是谁？这是十五年前狄更生先生来中国时感想的一节。我不知道他现在要是回来看看西湖的成绩，他又有什么妙文来颂扬我们的美德！

说来西湖真是个爱伦内。论山水的秀丽，西湖在世界上真有位置。那山光，那水色，别有一种醉人处，叫人不能不生爱。

但不幸杭州的人种（我也算是杭州人），也不知怎的，特别的来得俗气、来得陋相。不读书人无味，读书人更可厌，单听那一口杭白，甲隔甲隔的，就够人心烦！看来杭州人话会说（杭州人真会说话！），事也会做，近年来就"事业"方面看，杭州的建设的确不少，例如西湖堤上的六条桥就全给拉平了替汽车公司帮忙；但不幸经营山水的风景是另一种事业，决不是开铺子、做官一类的事业。平常布置一个小小的园林，我们尚且说总得主人胸中有些丘壑，如今整个的西湖放在一班大老的手里，他们的脑子里平常想些什么我不敢猜度，但就成绩看，他们的确是只图每年"我们杭州"商界收入的总数增加多少的一种头脑！

开铺子的老班们也许沾了光，但是可怜的西湖呢？分明天生俊俏的一个少女，生生的叫一群粗汉去替她涂脂抹粉，就说没有别的难堪情形，也就够煞风景又煞风景！天啊，这苦恼的西子！

但是回过来说，这年头哪还顾得了美不美！江南总算是天堂，到今天为止。别的地方人命只当得虫子，有路不敢走，有话不敢说，还来搭什么臭绅士的架子，挑什么够美不够美的鸟眼？

再谈管孩子

徐志摩

看看现代的青年，为什么这弱，这忌心
重，这多愁多悲哀，这种种的不健康——多
半是做爹娘的当初不曾尽他们应尽的责任，
一半是愚暗，一半是懒怠……

你做小孩时候快活不？我，不快活。至少我在回忆中想不起来。你满意你现在的情况不？你觉不觉得有地方习惯成了自然，明知是做自己习惯的奴隶却又没法摆脱这束缚，没法回复原来的自由？不但是实际生活上，思想、意志、性情也一样有受习惯拘执的可能。习惯都是养成的；我们很少想到我们这时候觉着的浑身的镣铐，大半是小时候就套上的——记着一岁到六岁是品格与习惯的养成的最重要时期。我小时候的受业师袁花查桐荪先生，因为他出世时父母怕孩子遭凉没有给洗澡，他就带了这不洗澡习惯到棺材里去——从生到死五十几年一次都没有洗过身体！他也不刷牙，不洗头，很少擦脸。脏得叫人听了都腻心不是？我们很少想到我们品格上、性情上，乃至思想上的不洁多半是原因于小时候做父母的姑息与颟顸。中国人口头上常讲率真，实际上我们是假到自己都不觉得。讲信义，你一天在社会上不说一两句谎话能过日子吗？讲廉讲洁，有比我们更贪更龌龊的民族没有？讲气节——这更不容说了！

这是实际情形，不容掩讳的。我们用不着归咎这样，归咎那样，说来很简单，只是一个教育问题；可不是上学以后，而是上学以前的教育问题。品格教育，不是知识教育。我们不敢说合理的养育就可以消灭所有的败类；但我们确信（借近代科学研究的光）环境与有意识的训练在十次里至少有八九次可以变化气质，养成品格。什么事只要基础打好就有办法：屋漏了容易修，墙坏了可以补，基础不坚实时可麻烦。管好你的孩子，帮他开好方向，以后他就会自己寻路走。

但是你说谁家父母不想管好他们的孩子？原是的。但我们要问问仔细，一般父母心目中的"好孩子"究竟是不是好孩子。

究竟他们的管法是不是，我在上篇里说过。（一）替孩子本身的利益；（二）替全社会着想。我的观察是老派父母养育的观念整个儿是不对的。他们的意思是爱，他们的实效是害。我敢断定现代大多数的父母是对他们的子女负罪的。养花是多简单的一件事，但有的花不能多晒，有的不能多浇水，还有土性的关系，一不小心，花就种死，或是开得寒伧，辜负了它的种性。管孩子至少比养花更难些。很多的孩子是晒太多、浇太勤给闹坏的。

这几乎完全是一个科学问题，感情的地位，如其有，很是有限，单靠爱是不够的。单凭成法也是不够的。养花得识花性，什么花怎么养法；管孩子得明白孩子性质，什么孩子怎么管法——每朝每晚都得用心看着，差不得一点。打起了底子，以后就好办。

这话听得太平常了，谁不知道不是？让我们来看看实际情形。我们不讲无知识阶级的父母，实际乡下人的管孩子倒是合理得多，他们比较的"接近自然"。最可痛的是所谓有知识阶级乃至于"知识阶级"的育儿情形。别笑话做母亲的在人前拖出奶来喂孩子，这是应得奖励。有钱人家有了孩子就交给奶妈，谁耐烦抱孩子，高兴的时候要过来逗逗亲亲叫几声乖，一下就喊奶妈抱了去，多心烦！结果我们中上等人家的孩子运定是老妈乃至丫头们的玩物！有好多孩子身上闻着老妈的臭味，脸上看出老妈的傻相！

单看我们孩子的衣着先就可笑。浑身全给裹得紧紧，胳、胫、腿，也不叫露在外面，怕着凉。怕着凉，不错；可是裤子是开裆的，孩子一往下蹲，屁股就往外露，肚子也就连带通风——这倒不怕着凉了！孩子是不能常洗澡的，洗澡又容易着凉，我们家乡地方终年不洗澡的孩子并不出奇，我不知道我自己小时候平均每年洗几回澡，冬天不用说，因为屋子不生火，当然不洗，夏天有时不得不洗，但只浅浅的一只小脚桶，水又是滚汤，（不滚容易着凉！）结果孩子们也就不爱洗。我记得孩子时候顶怕两件事：一件是剃头；一件是洗澡。"今天我总得'捉牢'他来剃头"，"今天我总得'捉牢'他来洗澡"，我妈总是这么说；他们可不对我讲一个人一定得洗澡的理由，他们也不想法把洗的方法给弄适意些。这影响深极了，我到这老大年纪每回洗澡虽不至厌恶；总不见得热心：看作一种必要的麻烦，不是愉快的练习。泅水也没有学会，猜想也是从小对洗身没有感情的缘故。我的孩子更可笑了。跟我一样，他也不热心洗澡。有一次我在家里（他是祖母管大的），好容易拉了他一起洗，他倒也没有什么，明天再洗，成绩很好，再来几次就可以引起他的兴趣的希望。可是他第二天碰巧有了发热，家里人对他说：你看，都是你爸爸不好，硬拖你洗，又着凉了，下回再不要听他的！他们说这话也许一半是好玩，但孩子可是认了真，下回他再也不跟爸爸洗澡了！

像这类的情形真是举不胜举；但单纯关于身体的习惯，比较还容易改。最坏是一般父母心目中的"好孩子"观念。再没有比父母更专制的；他们命令，他们强制，他们骂，他们打；他们却从不对孩子讲理——好像孩子比他们自己欠聪明懂不得理似的！他们用种种的方法教孩子学大人样——简单说，愈不像孩子的孩子在他们看是愈好的孩子。孩子得听话，不许闹——中国父母顶得意的是他们的孩子听人家吩咐规规矩矩的叫人，绝对机械性的叫人——"伯伯""妈妈"。我有时看孩子们哭丧着脸听话叫人的时候，真觉得难受！所以叫人是孩子聪明乖的唯一标准。因为要强制孩子听大人话（孩子最不愿意听大人话！）大人们有时就得用种种谎骗恫吓的方法。多少在成人后作伪与懦怯的品性是"别哭，老虎来了"，"别嚷，老太太来了"，"不许吃，吃了要长疮的"一类话给养成的，孩子一定得胆小怕事，这又是中国父母的得意文章。"我们的阿大真不好，胆子大极了"，或是"你们的宝宝多好，他一个人走路都不敢的"。我记得我小的时候，家里人常拿鬼来吓我，结果我胆小极了，从来不敢一个人进屋子或是单身睡一个床——说来太可笑，你们不信，我到结亲以前还是常常同妈妈睡一床的！这怕黑暗怕鬼的影响到如今还有痕迹。我那时候实在胆子并不小，什么事有机会都想试试，后来他们发明了一个特别的恐吓，骗我不是我妈生的，是"网船"（即渔船）上抱来的，每天头上包着蓝布走进天井来问要虾不要的那个渔婆就是我的亲娘，每回我闹凶了，胆子"太大了"，他们就说："再闹叫你网船上的娘来抱回去。"那灵极了，一说我就瘪，再也不敢强了。这也是极坏的影响。我的孩子因为在老家里生长，他们还是如法炮制，每回我一回家，就奖励他走路上山，甚至爬石头，他也是顶喜欢的。有一次我带他在山上住，天天爬山，乐得很，隔一天他回家了，碰巧有点发热，家里人又有了机会来破坏爸爸的威信了："你看都是你爸，领你到山上去乱跑，着了凉发热，下回再不要听他了！"当然他再也不听信爸爸了！

但是孩子们的习惯，赶早想法转移，也是很容易的事。就我的孩子说，因为生长在老式家庭里的缘故，所有已经将次养成的习惯多半是我们认为不对的，我们认为应分训练的习惯却一点不顾着，这由于：（一）"好孩子"观念的错误；（二）拘执成法，再没有比我的父母再爱孙儿的，他病了我母亲整天整晚的抱着，有几次在夏天发热简直是一个火炉，晚上我母亲同他睡，在冬天常常通宵握住他的冷脚给窝暖；但爱是一件事，得法不得法又是一件事。这回好了，他自己的妈（张幼仪女士，不久来京，想专办蒙养教育）从德国研究蒙养教育毕业回来了。孩子一归她管，不到两个月工夫，整个儿变化了，至少在看得见的习惯上。他本来晚上上床、早上起身没有定时的，现在十点钟一定睡，早上也一定时候起，听说每晚到了十点钟他自己觉得大人不理他了，他就看一看钟，站起来说，明天会，自己去睡了。

本来他晚上睡不但不换睡衣，有时天凉连棉袄都穿了睡的，现在自己每晚穿衣换衣，早上穿衣起身再也不叫旁人帮忙。本来最不愿意念书写字，现在到了一定时候，就会自动写字念书，本来走一点路就叫肚疼或腿酸的，现在长路散步成了习惯。洗澡什么当然也看作当然了。最好是他现在也学会了认真刷牙（他在德国死的弟弟两岁起就自己刷牙了），皂水满脸洗，洗过用干布擦，一点也不含糊了！在知识上也一样的有进步，原先在他念书写字因为上面含有强迫性质看作一种苦恼，现在得了相当的引诱与指导，自动的兴趣也慢慢的来了。这种地方虽则小，却未始不是想认真做父母的一个启示。

不要怪你们孩子性情强不好，或是愁他们身子不好，实际只要你们肯费一点心思，花一点工夫，认清了孩子本能的倾向，治水似的耐心的去疏导它，原来不好的地方很容易变好，性情、身体，都可以立刻见效的。

"性相近，习相远"，这话是真理；我们或许有一天可以进一步相信"人之初，性本善"哪！没有工作比创造的工作更愉快更伟大的；做父母的都有一个创作的机会，把你们的孩子养成一个健康、活泼、灵敏、慈爱的成人，替社会造一个有用的人才，替自然完成一个有意识的工作，同时也增你们自己的光，添你们的欢喜——这机会还不够大吗？看看现代的成人，为什么都是这懒，这脏（尤其在品格上与思想），这蠢，这丑，这破烂；看看现代的青年，为什么这弱，这忌心重，这多愁多悲哀，这种种的不健康——多半是做爹娘的当初不曾尽他们应尽的责任，一半是愚暗，一半是懒怠，结果对不起社会，对不起孩子们自身，自己也没有好处，这真是何苦来！

　　现在卢梭先生给了我们一部关于养成品格问题极光亮的书，综合近代理论与实施所得的有价值的研究与结论，明白的父母们看了可以更增育儿的兴味，在寻求知识中的父母们看了更有莫大的利益；相信我，这部书是一个不灭的亮灯，谁家能利用的就不愁再遭黑暗的悲惨了！但我说了这半天，本题还是没有讲到，时候已经不早，只好再等下回了。

死 之 默 想

周作人

　　人世的快乐自然是很可贪恋的，但这似乎只在青年男女才深切的感到，像我们将近"不惑"的人，尝过了凡人的苦乐。此外别无想做皇帝的野心，也就不觉得还有舍不得的快乐。

四世纪时希腊厌世诗人巴拉达思作有一首小诗道,（Polla laleis,anthrope—Palladas）

　　"你太饶舌了，人呵，不久将睡在地下；

　　"住口罢，你生存时且思索那死。"

　　这是很有意思的话。关于死的问题，我无事时也曾默想过，（但不坐在树下，大抵是在车上）可是想不出什么来，——这或者因为我是个"乐天的诗人"的缘故吧。但其实我何尝一定崇拜死，有如曹慕管君，不过我不很能够感到死之神秘，所以不觉得有思索十日十夜之必要，于形而上的方面也就不能有所饶舌了。

窃察世人怕死的原因，自有种种不同，"以愚观之"可以定为三项，其一是怕死时的苦痛，其二是舍不得人世的快乐，其三是顾虑家族。苦痛比死还可怕，这是实在的事情。十多年前有一个远房的伯母，十分困苦，在十二月底想投河寻死，（我们乡间的河是经冬不冻的）但是投了下去，她随即走了上来，说是因为水太冷了。有些人要笑她痴也未可知，但这却是真实的人情。倘若有人能够切实保证，诚如某生物学家所说，被猛兽咬死痒苏苏地很是愉快，我想一定有许多人裹粮入山去投身饲饿虎的了。可惜这一层不能担保，有些对于别项已无留恋的人因此也就不得不稍为踌躇了。

顾虑家族，大约是怕死的原因中之较小者，因为这还有救治的方法。将来如有一日，社会制度稍加改良，除施行善种的节制以外，大家不同老幼可以各尽所能，各取所需，凡平常衣食住、医药教育，均由公给，此上更好的享受再由个人的努力去取得，那么这种顾虑就可以不要，便是夜梦也一定平安得多了。不过我所说的原是空想，实现还不知在几十百千年之后，而且到底未必实现也说不定，那么它终是远水不救近火，没有什么用处。比较确实的办法还是设法发财，也可以救济这个忧虑。为得安闲的死而求发财，倒是很高雅的俗事，只是发财不大容易，不是我们都能做的事，况且天下之富人有了钱便反死不去，则此亦颇有危险也。

　　人世的快乐自然是很可贪恋的，但这似乎只在青年男女才深切的感到，像我们将近"不惑"的人，尝过了凡人的苦乐。此外别无想做皇帝的野心，也就不觉得还有舍不得的快乐。我现在的快乐只是想在闲时喝一杯清茶，看点新书，（虽然近来因为政府替我们储蓄，手头只有买茶的钱）无论他是讲虫鸟的歌唱，或是记贤哲的思想、古今的刻绘，都足以使我感到人生的欣幸。然而朋友来谈天的时候，也就放下书卷，何况"无私神女"（Atropos）的命令呢？我们看路上许多乞丐，都已没有生人乐趣，却是苦苦的要活着，可见快乐未必是怕死的重大原因；或者舍不得人世的苦辛也足以叫人留恋这个尘世罢。讲到他们，实在已是了无牵挂，大可"来去自由"，实际却不能如此，倘若不是为了上边所说的原因，一定是因为怕河水比彻骨的北风更冷的缘故了。

　　对于"不死"的问题，又有什么意见呢？因为少年时当过五六年的水兵，头脑中多少受了唯物论的影响，总觉得造不起"不死"这个观念来，虽然我很喜欢听荒唐的神话。

　　即使照神话故事所讲，那种长生不老的生活我也一点儿都不喜欢。住在冷冰冰的金门玉阶的屋里，吃着五香牛肉一类的麟肝凤脯，天天游手好闲，不在松树下着棋，便同金童玉女厮混，也不见得有什么趣味，况且永远如此，更是单调而且困倦了。又听人说，仙家的时间是与凡人不同的，诗云"山中方七日，世上已千年。"所以烂柯山下的六十年在棋边只是半个时辰耳，哪里会有日子太长之感呢？但是由我看来，仙人活了二百万岁也只抵得人间的四十春秋，这样浪费时间无裨实际的生活，殊不值得费尽了心机去求得他；倘若二百万年后劫波到来，就此溘然，将被五十岁的凡夫所笑。较好一点的还是那西方凤鸟（Phoenix）的办法，活上五百年，便尔蜕去，化为幼凤，这样的轮回倒很好玩的，——可惜他们是只此一家，别人不能仿作。大约我们还只好在这被容许的时光中，就这平凡的境地中，寻得些须的安闲悦乐，即是无上幸福：至于"死后，如何？"的问题，乃是神秘派诗人的领域，我们平凡人对于成仙做鬼都不关心，于此自然就没有什么兴趣了。

与友人论性道德书

周作人

我们的高远的理想境到底只是我们心中独自娱乐的影片，为了这种理想，我也愿出力，但是现在还不想拼命。

雨村兄：

　　长久没有通信，实在因为太托熟了，况且彼此都是好事之徒，一个月里总有几篇文字在报纸上发表，看了也抵得过谈天，所以觉得别无写在八行书上之必要。但是也有几句话，关于《妇人杂志》的，早想对你说说，这大约是因为懒，拖延至今未曾下笔，今天又想到了，便写这一封信寄给你。

我如要称赞你，说你的《妇人杂志》办得好，即使是真话也总有后台喝采的嫌疑，那是我所不愿意说的，现在却是别的有点近于不满的意见，似乎不妨一说。你的恋爱至上的主张，我仿佛能够理解而且赞同，但是觉得你的《妇人杂志》办得不好，——因为这种杂志不是登载那样思想的东西。《妇人杂志》我知道是营业性质的，营业与思想——而且又是恋爱，差的多么远！我们要谈思想，三五个人自费赔本地来发表是可以的，然而在营业性质的刊物上，何况又是 The LADIES' Journal……那是期期以为不可。我们要知道，营业与真理，职务与主张，都是断乎不可混同，你却是太老实地"借别人的酒杯浇自己的块垒"，虽不愧为忠实的妇女问题研究者，却不能算是一个好编辑员了。所以我现在想忠告你一声，请你留下那些"过激"的"不道德"的两性伦理主张预备登在自己的刊物上，另外重新依据营业精神去办公家的杂志，千万不要再谈为 LADIES and gentlemen 所不喜的恋爱：我想最好是多登什么做鸡蛋糕布丁杏仁茶之类的方法以及刺绣裁缝梳头束胸捷诀，——或者调查一点缠脚法以备日后需要时登载尤佳。《白话丛书》里的《女诫注释》此刻还可采取转录，将来读经潮流自北而南的时候自然应该改登《女儿经》了。这个时代之来一定不会很迟，未雨绸缪现在正是时候，不可错过。这种杂志青年男女爱读与否虽未敢预言，但一定很中那些有权威的老爷们的意，要多买几本留着给孙女们读，销路不愁不广。即使不说销路，跟着圣贤和大众走总是不会有过失的，纵或不能说有功于世道人心而得到褒扬。总之我希望你划清界限，把气力卖给别人，把心思自己留起，这是酬世锦囊里的一条妙计，如能应用，消灾纳福，效验有如《波罗密多心咒》。

　　然而我也不能赞成你太热心地发挥你的主张，即使是在自办的刊物上面。我实在可叹，是一个很缺少"热狂"的人，我的言论多少都有点游戏态度。我也喜欢弄一点过激的思想，拨草寻蛇地去向道学家寻事，但是如法国拉勃来（Rabelais）那样只是到"要被火烤了为止"，未必有殉道的决心。好像是小孩踢球，觉得是颇愉快的事，但本不期望踢出什么东西来，踢到倦了也就停止，并不预备一直踢到把腿都踢折，——踢折之后岂不还只是一个球么？我们发表些关于两性伦理的意见也只是自己要说，难道这就希冀能够于最近的或最远的将来发生什么效力？耶稣、孔丘、释迦、梭格拉底的话，究竟于世间有多大影响，我不能确说，其结果恐不过自己这样说了觉得满足，后人读了觉得满足——或不满足，如是而已。我并非绝对不信进步之说，但不相信能够急速而且完全地进步：我觉得世界无论变到哪个样子，争斗、杀伤、私通、离婚这些事总是不会绝迹的。

　　我们的高远的理想境到底只是我们心中独自娱乐的影片，为了这种理想，我也愿出力，但是现在还不想拼命。我未尝不想志士似的高唱牺牲，劝你奋斗到底，但老实说我惭愧不是志士，不好以自己所不能的转劝别人，所以我所能够劝你的只是不要太热心，以致被道学家们所烤。最好是望见白炉子留心点，暂时不要走近前去，当然也不可就改入白炉子党，——白炉子的烟稍淡的时候仍旧继续做自己的工作，千万不要一下子就被"烤"得如翠鸟牌香烟。我也知道如有人肯拼出他的头皮，直向白炉子的口里钻，或者也可以把它掀翻；不过，我重复地说，自己还拼不出，不好意思坐在交椅里乱嚷，这一层要请你原谅。

上礼拜六晚写到这里，夜中我们的小女儿忽患急病，整整地忙了三日，现在虽然医生声明危险已过，但还需要十分慎重的看护，所以我也还没有执笔的工夫，不过这封信总得寄出了，不能不结束一句。总之，我劝你少发在中国是尚早的性道德论，理由就是如上边所说，至于青年黄年之误会或利用那都是不成问题。这一层我不暇说了，只把陈仲甫先生一九二一年所说的话（《新青年》随感录一一七）抄一部分在后面：

《青年底误会》

"'教学者如扶醉人，扶得东来西又倒。'现代青年底误解，也和醉人一般。……你说婚姻要自由，他就专门把写情书寻异性朋友做日常重要的功课。……你说要脱离家庭压制，他就抛弃年老无依的母亲。你说要提倡社会主义共产主义，他就悍然以为大家朋友应该养活他。你说青年要有自尊底精神，他就目空一切，妄自尊大，不受害言了。……"

你看，这有什么办法，除了不理它之外？不然你就是只讲做鸡蛋糕，恐怕他们也会误解了，吃鸡蛋糕吃成胃病呢！匆匆不能多写了，改日再谈。

备注：时商务印书馆办有《妇女杂志》，主编章锡琛（1889—1969），字雪村，浙江绍兴人，与周作人、鲁迅很熟。周作人这里故意将《妇女杂志》改称《妇人杂志》，又由"雪村"点化出"雨村"，似有暗示，又系杜撰虚设，是一种"游戏笔墨"，周作人的友人钱玄同也常爱用。

滑竿教授

下课铃一响，揣纸条，戴帽子，围三绕围巾，立刻走人，上滑竿。

梁实秋教授当年在北碚复旦大学任教，到北温泉电化学校兼课。十多里路不坐车，也不坐船。班车拥挤又不准时，小轿车呢，战时的口号是"一滴汽油一滴血"，连梁实秋这样的名教授也没有份儿。坐船要过滩，嘉陵江上水急滩险。那么，只好步行了。梁教授是别人代步，四川有一种叫做滑竿的，是两条竹竿上绑一把竹躺椅，没有遮盖，不叫轿子。这样抬着来上课的只有梁实秋一位。

青年学生或多或少读过鲁迅的书，没有读过也总听说这两位在三十年代曾经论战，但在口头上一般只说做"叫鲁迅骂过的"。简化之中带有倾向。

论战的性质内涵，一般不大清楚。也有的学生大体记得些名句。梁实秋方面的有：无产阶级是只会生孩子的阶级等等。鲁迅方面的有：贾府上的焦大，不会爱林妹妹的。还有：要是无产阶级的人性高明，那么动物性更高明，等等。

记得这些大意的，倾向性更明白了。

滑竿抬来，有一种土著老爷的味道。若是小车开来，当时的气味是新贵，或是发国难财。

冬日，江边山脚，也会飘飘柳絮似的南国飞雪，风也冻手。梁实秋小胖，穿皮袍、戴绒帽，围可以绕三圈的长围巾，圆滚滚仰在竹躺椅上。竹竿一步一颤一悠，一颤是抬前头的一步，一悠是抬后头的步子。南方穿皮袍，身上是不会冷的，可以发生一些诗意。

梁实秋下滑竿，直奔教室，脸上微笑，可见不当做苦差使。他不看学生，从长袍兜里掏出一张长条小纸条，扫一眼，就开讲。他讲的是西洋戏剧史，希腊悲剧，中世纪，文艺复兴。顺流而下，不假思索，只摆事实，不重观点，如一条没有滩，没有漩涡，平静可是清楚的河流。

一会儿法国，一会儿英国德国，提到人名书名，写板书，法国的法文，英国的英文……抗战时期，学生中多半是"流亡学生"，学过点外语也耽误了。他全不管，从不提问，和学生不过话，更不交流。下课铃一响，揣纸条，戴帽子，围三绕围巾，立刻走人，上滑竿。

和别的老师，"进步"的和不见得"进步"的名流，都不招呼。

他的课经常满座。当时书不易得，流亡学生自有生活方式，读书时间也少。他的课显得知识丰富，条理清晰，叙述娴熟又动听。

杨沫心态

林斤澜

花非花，雾非雾，似梦非梦。轻装和负重，觉醒和催眠，美和丑，纯洁和愚昧，神圣和残酷……似混沌非混沌？非混沌又混沌！

　　杨沫是抗日战争前入党的老革命，是四十年代开始写作的老作家。当然，比我年长，就不说是长辈，也是长者。但一直连名带姓的叫着，正南巴北叫声老大姐的时候——好像也没有过。反倒跟她说，你打响的作品是《青春之歌》，那是五十年代写的。把你算做五十年代，和我们一起混吧。她笑道，你们要我吗？那好那好，一起混热闹欸（欸 ěi，特别在语尾写上这么个冷字，记下杨沫的老北京口音，和老年青的口吻）。

去年，北京作家协会举办杨沫作品讨论会。一问，是纪念她从事写作五十年的。若不问，都想不到已经半个世纪了。

杨沫自己写了篇文章，题目是《往事悠悠》。未开读，心里先颤颤的。

地下活动、失业、战争、学文学、写小说、生儿育女、批判、"文化革命"、揪斗、没完没了的审查、不等结论就写长篇、病来、老来、新的动荡、新的浪潮鼓噪着新的世纪到来。

多灾多难，多光多采，多激烈又多迂回，多跨步又多反复，多教训又多循环，多丑陋又多顽强，多古老又多兴旺。这是祖国母亲！杨沫，可以说没有另外的母爱。

这世纪，这国度，这里的知识分子最好不怨首当其冲，本来领先出头是当行应功。承受了别时别地别人不能想象的磨灭，侥幸磨而不灭，到得天年垂垂老矣，面对新潮，回首往事，悠悠的是"念天地之悠悠"，为人还得"独怆然""而"不一定"涕下"吧。

花非花，雾非雾，似梦非梦。轻装和负重，觉醒和催眠，美和丑，纯洁和愚昧，神圣和残酷……似混沌非混沌？非混沌又混沌！

悠悠的往事里，有幸有几个浪头和杨沫同滚了过来。总是难忘给扣上铁案帽子，犹不失从容。

生离死别，也不掉泪，还主张宽容恶作的对手。是非面前，心直口快，转身办事，也世故人情……世上不会有完人，但有亲人。人可亲，世事可不完而完。

"往事悠悠"中，有一段开放改革的新时期，"文学题材的开拓，文学手法的探寻"，句句引发联想和思索，抄录如下：

"……无数雨后春笋般破土而出的中青年作家，他们令人目不暇接的好作品，令我又欢喜又望而自惭，却也不气馁。给我鼓舞的是：文学应该是，你走你的阳关道，我过我的独木桥。百花齐放嘛。"

这是杨沫，这不是别人。这是一位老作家当前的心态，这个"态"里有三事："欢喜"、"望而自惭"和"也不气馁"。

老作家的老，没有定量，就成长的年代来说，三十四十年代，是老无疑。五十年代的，也都花甲上下了。六十年代七十年代，大部分时间乱糟糟，搞样板把文学艺术逼进死胡同。现在还迷恋一段唱腔，还为一种情绪叫绝，这是忘记了或成心掩盖了。你要说绝，应是走上绝路的绝。八十年代的劫后景象却是"雨后春笋""目不暇接"，作家和作品的上下来去层次，比以往几十年还多。从八十年代初到八十年代末，让评论家难分几茬了。以往据说"十年磨一剑"，实际"十年一道汤"。八十年代开头和末后的代表那距离的遥远，谁也说不清拐了几道弯。这样非常的年代里，头几茬都不老而老作家了。走进九十年代，末后一茬也经过了风云变幻，面对后来人，神色不免年轻的老作家模样了。

这是一个老作家多于新进作家的时代，后浪推前浪，后浪生猛，前浪堆积。堆积也就是碰撞，重登，积压……"杂花生树，群莺乱飞"。这是最烂漫的时节——"暮春三月"，这是最肥美的地方——"江南草长"。可是"杂花"，那只认牡丹的眼睛，看见罂粟等于海洛英，看见桃杏等于妖精。别人又看得牡丹号称富态其实也俗，花期又短促怎么领得风骚。这还是开出花来了的面红耳赤，更有那开不出来的，怨拥挤、怨挤兑、怨兑换了真理，真理给闹得苍白、枯槁、僵硬了！"群莺"无主，只好"乱飞"，这里扇忽扇忽扇了同类，那里忽扇忽扇扇不起来，怨没有方向，没有空间，没有温良恭俭让……

谁都有怨，洒向人间都是怨，怨言何其多，人人都怨亏待了自己。有人总结道：这是当今的社会心理。又出个新词：群体无意识。包括了自己意识不到的，意识到不肯认的，认了又咽不下去的……

失落感。

孤独感。

人还活着，作品死了。几十年白干了。

一天还能写到黑，就成了废品。没有地方发表，没有地方出书，什么也没有了。

他们全盘否定，连老祖宗老传统也狗屁了——这是五六十年代的声音，这里指的他们，可别误会，不是"文革"的他们，指的是"改革"的他们。

不是个人的悲剧，是整个文坛的悲剧——指的也不是"浩劫"，而是"新时期"。

八十年代成长的作家有什么好埋怨的？那么不叫做埋怨算是有感而发也可以。本来文学史上的"各领风骚"以百年计、以代计，到了他们这里以年计、以月计，还有以气候计。

有的自省：并肩同辈之间，偏多忌妒。

有发话道，他们这一茬，吃狼奶长大。

由八十年代进入九十年代，有自报家门是玩主，招来痞子帽子，更加玩那"玩"字，别人来玩又玩不转。

但愿此地无怨三百两。

但愿自以为中流砥柱的，也只是眼睛有些左视。什么流什么柱都看差了。

有一个有名的比喻。窗户打开了，新鲜空气进来了，苍蝇也可以进来，蚊子也可以进来，苍蝇会带来痢疾，蚊子会带来疟疾，大叫乌七八糟……但愿这也只是神经衰弱，心理失常，最好来个狭隘和太狭隘得了。

千万不可让怨成了恨，指着新时期咬牙切齿：这要干什么！他们要干什么！这些人都姓什么！

到底吓不住人，倒吓着了自己。

杨沫有一本《青春之歌》，感动了许多读者，有的女学生竟到南京雨花台去寻找小说中人物的坟墓。

但左视眼看不惯，在左得上火的时候，掀起了批判。到了"文化大革命"，发展到揪斗。出来一伙左爷，要揪北京的作者，千里迢迢押到上海去"游斗"。幸好没有揪成，要不，十九没有《往事悠悠》，且看杨沫悠悠写道："《青春之歌》自出版至今，国内已印刷了数百万册，先后被翻译成十六、七种文字……"

这是把"新时期"计算在内的账单。"新时期"没有全盘否定，八十年代的作家对五六十年代敲定的几部"里程碑"，有的不读，有的读着没意思，有的有义士出来保镖，没想镖局也过时了。但《青春之歌》还在读，还是读着感动。杨沫记下一件事：

记得一位青年作家曾坦诚直率的告诉我：《青春之歌》是一个"表达既定概念的作品"。这句话很使我费了一阵思索。我最后对这个评价的解析是：《青春之歌》作者的目的是宣扬革命。为图解"知识份子必须走革命道路"这一概念，而创作了《青春之歌》。

青年作家的话值得思索。因为从我来说，真是那么回子事儿！

没有办法，我以我的人生观，我的喜怒哀乐所编织成的小说，就带有我的一切；就带有我的命运经历——革命是必不可少的主题了。

这是一种什么样的心态！

在怨声沸反的时候，在昨日青今日老节奏如密锣紧鼓的时候，在风云朝夕变幻的时候，这一段老作家和青年作家的交流，真是文坛佳话。

杨沫的心态：一是"欢喜"。欢喜新人新作新潮新生新时期的开窗开门百花的开放。

二是"望而自惭"。新的时代新的生活，须要新的感受新的把握新的观照，还有新的表达方式和新的表现手段。其实当年《青春之歌》打响了，就是表达"真是那么回子事儿"里有创新。现在《青春之歌》站住了，也还是表达"真是那么回子事儿"里有创新。

三是"也不气馁"。有一个通行的看法，"图解"差不多是公式化概念化，"图解"是贬词无疑，狭隘的心胸听见了"图解"，可以当做侮辱背过气去。杨沫思索着人家的坦诚直率，那"评价"里包含的却是"图解"。她也坦诚直率，说"真是那么回子事儿""我编织""我的人生观""喜怒哀乐""命运经历"……"文学应该是：你走你的阳关道，我过我的独木桥……"

忍不住引申一句：你的新小说，我欢喜。可我写不了了，惭愧。可你也未必写得了我的"图解"小说。我还可以告诉你一个明明白白的"图解"——

"……在年过七旬垂垂老矣的此刻，说一句话，并在此一句话后面，画上一个句号了。革命加文学。"

"百花齐放嘛！"

世上不会有完人，此时此地，各茬老作家中间，这样一种心态，比较可以看做完美了吧。天可怜见，血肉之躯，草木之人，生逢其时，幸落其地，再还要求什么呢。

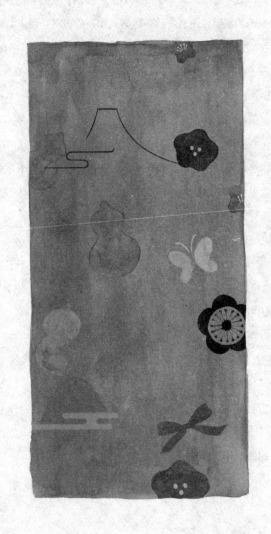

我的戒烟

林斤澜

　　寻思"干柴烈火"一说，当以烈火为阳刚。几句没有油盐的"放"烟谈话，比干柴还干还柴，应自守阴柔之道。

　　"我的戒烟"的烟，是纸烟、香烟、烟卷儿也。不是乌烟、红烟、海烟，这在林语堂当年有所含混还可以幽默一下，在林某人现如今可不是闹着玩的，"性命交关"。

　　就说是纸烟吧，当年戒不戒全是个人的事，谁管你啦？闹得神不守舍是你自己折腾！什么"灵魂上的事业"，当年或会得个会心的微笑，眼下只讨人嫌。诸"癌"在前边等着呢，还犯"贫"！

公共场所禁烟。办公室扩大化到办公楼禁烟。磕头碰头全是"禁"字扎得慌，换个"无"字，一张绵里藏针的笑脸。无烟车厢，无烟房间，无烟区，无烟县——这就困难了，扩大不好化了，个中缘故下边交代，换个无烟日好，反正一年有365个日。县无烟日、省无烟日、国无烟日、球无烟日。

海外的经济不景气时有所闻，但不得见。海内的大中型企业正在解决运转不灵，没有听说其中有烟厂，倒是常听得见这儿那儿的烟厂肥得流油，是国家税收的大宗。似可信，因为厂家对文学的事不时常赐油星子。

不准上电视出风头！

戏剧里的坏人不准抽烟。又一个扩大化——好人不能够是烟鬼！创造无烟舞台！无烟银幕荧屏！

黔首文身！与刺配远恶军州的贼配军一样，与"文革"中墨面挂牌的牛鬼蛇神一样，烟身烟盒印上自己的罪恶！

这干屁事！笑骂由它笑骂，流油我自流油，创收自有鼓励创收。

这两股子劲儿越较越拧，越拧越较。早以前哪有过这大好形势呀！

此时此际，像我这么个戒烟经过，最好别提。实际连"戒"字都没有使过，从"戈"的字都太厉害了，不就为了一口烟，动兵器干吗！去年秋天时热时冷，咳嗽不爱消停，粘痰扫黄出绿，忽又间有鲜红。艳丽可恕，可惜招摇不明来历。心想把烟放一放——去去就来之意，非绝交之词。医生给丸，给片，给浆，

——遵命服下。约半个月，咳嗽由剧咳转化戏咳。即应早已约下之约，声称拼命守信，南下作客。长烟短烟国烟洋烟，在眼面前递来递去，兀自摇头或抱拳都不伸手。有知道底细的问道："戒了？"答曰："咳嗽。"虽不多言，意向却明确——"暂停"。

约两个月后，咳嗽渐消失，咽喉三寸之地，无带哨之音，只留下每日三五口纯洁的"棉花痰"玩玩。仿佛打记忆里，从没有过的清净。舟车之间，每逢呛鼻辣嗓之气体，必思此处为何不禁烟！遇父母官，亦作"国无烟日""球无烟日"难以实现之叹！

细思这一两个月关键时刻，没有借助药物药糖、咖啡酽茶、清盐某某、陈皮某某……并没有生理上的苦熬，魂灵上的苦闷。更没有升华到生命科学又哲学的迹象。一切仿佛只在"去去就来"的不经意中，去去还没有回来而已。"问我何往？廓尔忘言。"何来"戒"字？不堪言"戒"。

有回与一位长我半辈的同行同车。（辈的年数，尚无国际规定。炎黄子孙有一句豪言壮语：二十年后又是一条好汉，二十年，乃中庸之道。）

车上无聊，拿戒烟充数。半辈长者落下眼皮听之，这样无味的语言，只配催眠。正要放低调门，逐渐"淡出"，忽见长者睁目挺身，问道："你吸了几年？"

几年？总有半个世纪了吧，正算计着给个准确数字，长者等不得，说：

"四十年？五十年？实际上，你，没有真正吸过。烟一进口，打哪里出来？"

高声大嗓，是不是年长耳背的缘故？我也提高音阶：

"嘴里鼻子里出来呗！"

"鼻子，也是打口腔过来，你的烟没有下过嗓子！什么叫吸烟？一吸吸到肚子里，爱打哪里出来，出呗，爱出不出，这才是烟民。"

烟民！我知道这个词儿，产生在早年间黑白不分的时代，实指乌烟。现在说的是纸烟，烟纸雪白，岂容颠倒是非。正要据理力争，只见半辈长者复落眼皮，又若余恨未消，口角龃龉。

"……四十也好，五十也好，有一辈子拿不到绿卡的……放宽点是个二等公民，吃紧的立刻驱逐出境……"

寻思"干柴烈火"一说，当以烈火为阳刚。几句没有油盐的"放"烟谈话，比干柴还干还柴，应自守阴柔之道。

有声称戒烟一百回的！一笔勾掉"屡战屡败"的窝囊，圈出"屡败屡战"的雄姿。我当退避三舍。

好几位"爬格子"的朋友，有的一手拿烟一手执笔，有的未拿笔先点烟，有的稿子到了编辑部，浓缩的烟味扩散一屋子……一旦戒烟，有的手指连手腕哆嗦，字不成形。有的没写完一封信，绕屋三匝。有的拿日记发愤，顿断笔尖。有的"烟士披里纯"，掐掉当头一"烟"，下边的不知所云。

我敢跟谁吐露真情？我敢吗？

我先会吸烟，后学写作。写作开始之际，觉得又点火又磕烟灰，弄不好烫着手指，烧焦稿纸，窃以为此时不宜吸烟。是否因此文字枯涩，尚无临床验证。

有说"饭后一支烟，赛似活神仙"。酒席之上，有烟共吸，亦不拒人千里。若个人独处，欲挽留唇齿里边，颚下舌上的美味，亦忌烟消云散。

上厕有同流合污之嫌，不吸。

早起遛弯儿，为吸上天新鲜空气，不吸人间烟火。

那么有没有适宜吸烟的时候？积几十年经验，例如，听报告熬困之时，开会走神之际，连点连吸，可以面呈祥云，目含笑波，脑门清爽似三界外人。

再是三朋四友，放怀畅谈。云烟缭绕，情怀益放。白雾浮沉，谈吐更畅。

如此如此还挑剔烟籍？追究绿卡？至于审查是否不过咽喉关卡，深入肚皮基层一事，其心理不平衡虽可理解，那声色实令人立舍阴柔，快取阳刚。

取舍之间，忽然发觉与烟的缘分中有道堪称"烟道"。吸时顺其性情，不随大流，不苟同时势，仅仅听命内心的呼唤。放时顺其自然，不服药饵，不恶声言戒，行所当行止其当止行云流水。

这么说来也只说了个表面，细察那自自然然状态实即大自然，即大自然就氤氲着神秘，神秘又如何，需夜深人静，或天心月圆，或六合浑沌，或漆黑中若浮若沉，诸癌无可惧，众邪无能为……这又如何，请看一位也长我半辈的翻译家，历尽劫波，做下哮喘。先不能上街，后不能下楼，再不能出屋，犹深夜不寐，点烟一支……家人劝告，医生严重禁止。译家悠然叹道："这是人生啊，天意啊……浑沌一气啊……"

岂是敝本家"灵魂的事业"冷冰冰一语了得！

谈性爱问题

朱光潜

你不敢承认这点，因为你的老祖宗除了遗传给你这一点性的冲动以外，还遗传给你一些相反的力量——关于性爱的"特怖"。

　　这问题的重要性是无可否认的。圣人说得好："饮食男女，人之大欲存焉。"许多人的活动和企图，仔细分析起来，多少都与这两种基本的生活要求有直接或间接的关系。整个的人类文化动态也大半围着这两个轴心旋转。单提男女关系来说，没有它，世间就要少去许多纠纷，文艺就要少去一个重要的母题，社会必是另样，历史也必是另样。但是许多人对这样重要的问题偏爱扮面孔，不肯拿它来郑重地谈，郑重地想。以往少数哲学家如卢梭、康德、斯宾诺莎诸人对这问题所发表的议论，依叔本华看，都很肤浅。至于一般人的观念更不免为迷信、偏见和伪善所混乱。许多负教养之责的父母和师长对这问题简直有些畏惧，讳莫如深，仿佛以为男女关系生来是与淫秽相连的，青年人千万沾染不得，最好把他们蒙蔽住。其实你愈不使他们沾染而他们偏愈爱沾染。对这重要问题你想他们安于愚昧，他们就须得偿付愚昧的代价。

从生物学的观点看，这问题本很简单。有生之伦执着最牢固的是生命，最强烈的本能是叔本华所说的生命意志。首先是个体生命。我们挣扎、营求、竭力劳心，都无非是要个体生命在物质方面得到维持、发展、安全、舒适。在精神方面得到真善美诸价值所给的快慰。一切活动的最终目的都在"谋生"，但是个体生命是不能永久执着的，生的尽头都是死。长生不但是一个不能实现的理想，而且也不是一个好理想。你试想：从开天辟地到世界末日，假如老是一代人在活着，世界不就成为一池死水？一代过去了，就有另一代继着来，生生不息，不主故常，所以变化无端，生发无穷。这是造化的巧妙安排。懂得这巧妙，我们就明白种族不朽何以胜似个体长生，种族生命何以重于个体生命，种族生命意志何以强于个体生命意志。男女相悦，说来说去，只是种族生命意志的表现。种族生命意志就是一般人所谓"性欲"。"爱"是一个较好听的名词，凡是男女间的爱都不免带有性欲成分。你尽管相信你的爱是"纯洁的""心灵的""精神的"，骨子里都是无数亿万年遗传下来的一点性的冲动在作祟，你要与你所爱的人配合，你要传种。你不敢承认这点，因为你的老祖宗除了遗传给你这一点性的冲动以外，还遗传给你一些相反的力量——关于性爱的"特怖"（taboo），你的脑筋里装满着性爱性交是淫秽的、可羞的、不道德的之类观念。其实，你须得知道：假如这一点性的冲动被阉割了，人道就会灭绝。人除着爱上帝以外，没有另一种心灵活动，比男人爱女人或女人爱男人那一点热忱，更值得叫做"神圣"，因为那是对于"不朽"的希求，是要把人人所宝贵的生命继续不断的绵延下去。

传种的要求驱遣着两性相爱，这是人与禽兽所共同的。但是有两个因素使性爱问题在人类社会中由简单变为很复杂。

第一个因素是社会的。社会所赖以维持的是伦理宗教法律和风俗习惯所酿成的礼法，"男女居室，人之大伦"，没有礼法更不足以维持。关于男女关系的礼法大约起于下列两种。第一是防止争端。性欲是最强烈的本能，而性欲的对象虽有选择，却无限制。一个人可以有许多对象，而许多人也可以同有一个对象。男爱女或不爱，女爱男或不爱。假如一个人让自己的性欲做主，不受任何制裁，"争风"和"逼奸"之类事态就会把社会的秩序弄得天翻地覆。因此每个社会对于男女交接和婚姻都有一套成文和不成文的法典。例如，一夫一妻，凭媒嫁娶，尊重贞操，惩处奸淫之类。其次是划清责任。恋爱的正常归宿是婚姻，婚姻的正常归宿是生儿养女，成立家庭。有了家庭就有家庭的责任。生活要维持，子女要教养。性的冲动是飘忽游离的，常要求新花样与新口味。

而家庭责任却需要夫妻固定拘守，"一与之齐，终身不改"。假如一个人随意杂交，随意生儿养女，欲望满足了，就丢开配偶儿女而别开生面，他所丢下来的责任给谁负担呢？在以家庭为中心的社会，这种不负责的行为是不能不受裁制的。世界也有人梦想废除家庭的乌托邦，在里面男女关系有绝对的自由，但是这恐怕永远是梦想，男女配合的最终目的原来就在生养子女，不在快一时之意；家庭是种族蔓延所必需的暖室，为了快一时之意而忘了快意行为的最终目的，破坏达到那目的的最适宜的路径，那是违反自然的铁律。

因为上述两种社会的力量，人类两性配合不能全凭性欲指使，取杂交方式。他一方面须满足自然需要，一方面也要满足社会需要。自然需要倾向于自由发泄，社会需要却倾向于防闲节制。这种防闲节制对于个体有时不免是痛苦，但就全局着想，有健康的社会生命才能保障个体生命与种族生命。性欲要求原来在绵延种族生命，到了它危害到种族生命所藉以保障的社会生命时，它就失去了本来作用，于理是应受制止的。这道理本很浅显，许多人却没有认清，感到社会的防闲节制不方便，便骂"礼教吃人"。极端的个人主义常是极端的自私主义，这是一端。同时，我们自然也须承认社会的防闲节制的方式也有失去它的本来作用的时候。社会常在变迁，甲型社会的礼法不一定适用于乙型社会，一个社会已经由甲变到乙型时，甲型的礼法往往本着习惯的惰性留存在乙型社会里，有如盲肠，不但无用，甚至发炎生病。原始社会所遗留下来的关于性的"特怖"，如"男女授受不亲，女子出门必拥蔽其面，望门守节"，孕妇产妇不洁净带灾星之类，在现代已如盲肠，都很显然。

第二个使人类两性问题变复杂的因素是心理的。从个体方面看，异性的寻求、结合、生育都是消耗与牺牲，自私是人类天性，纯粹是消耗牺牲的事是很少有人肯干的。于此造化又有一个很巧妙的安排，使这消耗与牺牲的事带有极大的快感。人们追求异性，骨子里本为传种，而表面上却显得为自己求欲望的满足。恋爱的人们，像叔本华所说的，常在"错觉"（illusion）里过活。当其未达目的时，仿佛世间没有比这更快意的事，到了种子播出去了，回思虽了无余味，而性欲的驱遣却不因此而减杀其热力，还是源源涌现，挟着排山倒海的力量东奔西窜。它的遭遇有顺有逆，有常有变，纵横流转中与其他事物发生关系复杂微妙至不可想象，而身当其冲者的心理变迁也随之幻化无端。近代有几个名学者如韦斯特·马克（West Mark）、埃利斯（H.Ellis）、弗洛伊德（Freud）诸人对性爱心理所发表的著作几至汗牛充栋。在这篇短文里我们无法把许多光怪陆离的现象都描绘出来，只能略举数端，以示梗概。

男女相爱与审美意识有密切关系，这是尽人皆知的。我们在这里所指的倒不在男爱女美、女爱男美那一点，因为都很明显，无用申述。我们所指的是相爱相交那事情本身的艺术化。人为万物之灵，虽处处受自然需要驱遣，却时时要超过自然需要而做自由活动，较高尚的企图如文艺宗教哲学之类多起于此。举个浅例来说，盛水用壶是一种自然需要，可是人不以此为足，却费心力去求壶的美观。美观非实用所必需，却是心灵自由伸展所不可无。人在男女关系方面也是如此。男女间事，如果止于禽兽的阶层上，那是极平凡而粗浅的。只须看鸡犬，在交合的一顷刻间它们服从性欲的驱遣，有如奴隶服从主子之恭顺，其不可逃免性有如命运之坚强，它们简直不是自己的主宰，一股冲动来，就如悬崖纵马，一冲而下，毫不绕弯子，也毫不讲体面。人要把这件自然需要所逼迫的事弄得比较"体面"些，不那样脱皮露骨，于是有许多遮盖，有许多粉饰，有许多作态弄影，旁敲侧击，男女交际间的礼仪和技巧大半是粗俗事情的文雅化，做得太过分了，固不免带着许多虚伪与欺诈；做得恰到好处时，却可以娱目赏心。

实用需要壶盛水，审美意识进一步要求壶的美观，美观与实用在此仍并行不悖。再进一步，壶可以放弃它的实用而成为古董，纯粹的艺术品如果拿它来盛水，就不免煞风景，男女的爱也有同样的演进。在动物阶层，它只是为生殖传种一个实用目的，继之它成为一种带有艺术性的活动，再进一步它就成为一种纯粹的艺术，徒供赏玩。爱于是与性欲在表面上分为两事，许多人只是"为爱而爱"，就只在爱的本身那一点快乐上流连体会，否认爱还有藉肉体结合而传种一个肮脏的作用。爱于是成为"柏拉图式的"、纯洁的、心灵的、神圣的，至于性欲活动则被视为肉体的、淫秽的、可羞的、尘俗的。这观念的形成始于耶稣教的重灵轻肉，终于十九世纪浪漫派文艺的"恋爱至上"观。这种灵爱与肉爱的分别引起好些人的自尊心，激励成好些思想、文艺和事业上的成就；同时，它也使好些人变成疯狂，养成好些不健康的心理习惯。说得好听一点，它起于性爱的净化或"升华"；说得不好听一点，它是替一件极尘俗的事情挂上一个极高尚的幌子，"金玉其外，败絮其中"。

从这一点，我们可以看出人心怎样爱绕弯子，爱歪曲自然。近代变态心理学所供给的实例更多。它的起因，像弗洛伊德所说的，是自然与文化，性欲冲动与社会道德习俗的冲突。性欲冲动极力伸展，社会势力极力压抑。这冲突如果不得到正常的调整，性欲冲动就不免由意识域压抑到潜意识域，虽是囚禁在那黑狱里，却仍跃跃欲试，冀图破关脱狱。为着要逃避意识的检查，取种种化装。许多寻常行动，如做梦、说笑话、创作文艺、崇拜偶像、虐待弱小以至于吮指头、露大腿之类，在变态心理学家看，都可以是性欲化装的表现。性欲是一种强大的力量，有如奔流，须有所倾泻，正常的方式是倾泻于异性对象，得不到正常对象倾泻时，它或是决堤而泛滥横流，酿成种种精神病症或是改道旁驰，起升华作用而致力于宗教、文艺、学术或事功。因此，人类活动——无论是个体的或社会的——几乎没有一件不可以在有形无形之中与性爱发生心理上的关联。

这里所说的只是一个极粗浅的梗概，从这种粗浅的梗概中我们已可以见出人类两性关系问题如何复杂。要得到一个健康的性道德观，我们需要近代科学所供给的关于性爱的各方面知识，一种性知识的启蒙运动。我们一不能一味抹煞人性，对于性的活动施以过分严厉的裁制，原始时代的"特怖"更没有保留的必要；二是不能满口讴歌"恋爱至上"，把一件寻常事情捧到九霄云外，使一般神经质软弱的人们悬过高的希望，追攀不到，就陷于失望悲观；三不能把恋爱婚姻完全看成个人的私行，与社会国家无关，任它绝对自由，绝对放纵。依我个人的主张，男女间事是件极家常极平凡的事，我们须以写实的态度和生物学的眼光去看它，不必把它看成神奇奥妙，也不必把它看成淫秽邪僻。我们每个人天生有传种的机能、义务与权利。我们寻求异性，是要尽每个人都应尽的责任。一对男女成立恋爱或婚姻的关系时，只要不妨害社会秩序的合理要求，我们就用不着大惊小怪。这句话中的插句极重要：社会不能没有裁制，而社会的裁制也必须合理。社会的合理裁制是指上文所说的防止争端和划清责任。争婚、逼婚、乱伦、患传染病结婚、结婚而放弃结婚的责任，这些便是法律所应禁止的。除了这几项以外，社会如果再多嘴多舌，说这样是伤风，那样是败俗，这样是淫秽，那样是奸邪，那就要在许多人的心理上起不必要的压抑作用，酿成精神的变态，并且也引起许多人阳奉阴违，面子上仁义道德，骨子里男盗女娼。在人生各方面，正常的生活才是健康的生活。在男女关系方面，正常的路径是由恋爱而结婚，由结婚而生儿养女，把前一代的责任移交给后一代，使种族"于万斯年"地绵延下去。传种以外，结婚者的个人幸福也不应一笔勾销。结婚和成立家庭应该是一件快乐的事，人们就应该在里面希冀快乐，且努力产生快乐。到了夫妻实在不能相容而家庭无幸福可言时，在划清责任的条件之下离婚是道德与法律都应该允许而且提倡的。

住在衣服里

王鼎钧

　　灵魂住在肉体里，肉体住在衣服里，衣服住在屋子里，屋子住在市镇村庄里……你我只是住在自己的衣服里。

　　张爱玲有一句话：人都住在他自己的衣服里。大家公认是警句。警句者，使人惊，使人醒，使人集中注意力。哪来的魅力？因为以前没人这样说过，我们从未这样想过。原来人的空间如此狭小，人所拥有的是如此贫乏。灵魂住在肉体里，肉体住在衣服里，衣服住在屋子里，屋子住在市镇村庄里……你我只是住在自己的衣服里。

写成这一句名言的秘诀是，他用了一个"住"字，衣食住行四大要素中的两个合而为一。论修辞，这个字可以跟王安石用了那个"绿"字比美（春风又绿江南岸），甚或更为精彩。相沿已久的说法是人都裹在衣服里，或是包在衣服里。辞语固定，读者的反应也固定，终于失去反应，视线在字面上木然滑过。作家的任务是来使你恢复敏感。

"人都住在他自己的衣服里"，这句话真的是破空出世吗？似又不然。东晋名士刘伶觉得穿衣也是礼教拘束，脱光了才自在，一时惊世骇俗。他的朋友去看他，劝他。他说，房屋就是我的衣服，你们怎么跑进我的裤裆里来了？这不是宣告他"住在衣服里"吗？他的办法是把"衣服"放大了，房子是衣服，天地是房子，超级飓风过境，好大的口气！

同一时代，另一位名士阮籍，他又有他的说法。东晋偏安江南，不能发愤图强，北方强敌压顶，士大夫苟全一时，阮籍慨叹人生在世好比虱子在裤裆里，一心一意往针线缝里钻，往棉絮里钻，自以为找到了乐土，其实……！阮籍用比喻，世人好像虱子一样住在衣服里，他把人缩小了。

阮籍的年龄比刘伶大，但是不能据此断定刘伶受了阮籍影响。张爱玲呢？我们只知道他的警句中有阮籍刘伶的影子。从理论上说，作家凭他的敏感颖悟，可以从刘、阮两人的话中得到灵感，提炼出自己的新句来。如果他的名言与阮籍、刘伶的名句有因果关系，这就是语言的繁殖。作家，尤其诗人，是语言的繁殖者，一国的语言因不断的繁殖而丰富起来。

即使有阮籍、刘伶的珠玉在前，张爱玲仍有新意，在他笔下，人没有缩小，衣服也没放大，他向前一步，把人和衣服的关系定为居住，自然产生蟹的甲，蝉的蜕，蜗的壳，种种意象，人几乎"物化"，让我们品味张派独特的苍凉。张爱玲，阮籍，刘伶，三句话的形式近似，内涵各有精神，作家有此奇才异能，才可以凭有限的文字作无尽的表达。

警句的繁殖能力特别强，也许有关系，也许没关系，陈义芝写出"住在衣服里的女人"，多了一个"女"字，如闻哗啦一声大幕拉开，见所未见。女人比男人更需要衣服，也更讲究衣饰，衣饰使女人更性感，一字点睛，苍凉变为香艳。文学语言发展的轨迹正是从旧中生出新来。

也许有关系，也许没关系。有位作家描写恶棍，称之为"一个住在衣服里的魔鬼"，他似乎把"住在衣服里的女人"延长了。忽然想起成语衣冠禽兽，沐猴而冠。这两个成语沿用了多少年？你怎未想到写成"住在衣服里的猴子"？我们往往要别人先走一步，然后恍然大悟。收之桑榆，未为晚也，我们仍然可以写"一个住在军服里的懦夫"，"一个住在袈裟里的高利贷债主"之类。

又见诗人描写无家可归的流浪汉，说他是"住在衣服里的人"。这句话和"人都住在他自己的衣服里"，都是那么几个字，只因排列的次序不同，别有一番滋味。还记得"小处不可随便"和"不可随处小便"吗？"住在衣服里的人"，和"一身之外无长物"何其相近，可是你为甚么提起笔来只想到陈词滥调呢！

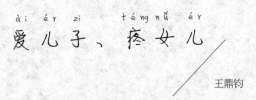

爱儿子、疼女儿

/ 王鼎钧

妻说，我们这一辈子的话都让你说光了，歇歇吧，喝杯茶。我望着茶杯思量，历史往往只是一些标题，后人乱作文章。

妻讲话很简练，不惹口舌是非，可惜资讯不足。她说："昨天李太太生孩子"，到此为止。我问男孩还是女孩？／女孩。／她家有几个女儿？／三个。／有几个儿子？／还没有儿子。妻不会一口气说：李太太有三个女儿，没有儿子，昨天又生了一个女儿。

妻说儿子女儿都一样。真的完全一样吗？仔细想，还是有分别。妻告诉人家，她对儿子女儿一样疼爱，我追问怎么疼、怎么爱，疼和爱并不是"同义互训"，也不是内容相同、用字雅俗有别。我们有儿子也有女儿，滋味尝遍，却从没有专心回顾整理。我拉下窗帘，切断电话，坐下，摊开一张纸，邀妻仔细捕捉那细微的敏锐的感觉。那仿佛是远古的事情，又仿佛是昨天的事情。

对女儿是"疼"，对儿子是"爱"。

爱儿子的时候坐下来，疼女儿的时候跳起来。

爱儿子、唱歌，疼女儿、喝酒。

爱儿子不怕人知，疼女儿不愿人知。

爱儿子泪流成溪，疼女儿泪流成串。

爱儿子希望他留下来，疼女儿希望她嫁出去。

我一面发掘一面记录，用字简练，符合妻的风格。说著说著，妻红了眼圈。说著说著，妻拿面纸拭泪。说著说著，妻笑了。我像个新闻记者那样，只顾冷静的考虑修辞，我的眼睛，要到独自守望电脑视窗的时候，才水雾蒙蒙。儿女是我们的针眼，我们也是儿女的针眼，彼此穿过就是天国。

她摇摇头，她说没有甚么可说的了，一切都说完了。我心里有数，我们共同的秘密珍藏，我知道究竟有多少，她心里还有言词不能表达。她不说，我来说，我能把话题拉长接着往下说，我是职业作家。我说，养子如种树，养女如种花。

我说，养子如写小说，养女如写诗。

我说，养子如铸铜，养女如烧瓷。

我说，养子如眼科，养女如心脏科。

我说，天下升平生女儿，天下动荡生儿子。

我说，家境富足生女儿，家境艰难生儿子。

我说，中年以前生女儿，中年以后生儿子。

妻说，我们这一辈子的话都让你说光了，歇歇吧，喝杯茶。

我望着茶杯思量，历史往往只是一些标题，后人乱作文章。我还可以继续往下说，没完没了，因为我是职业作家——

儿子的订婚

叶圣陶

伴侣婚姻是美国的产品，而且在美国也未见怎样通行。我们如果仿行起来，将会感到"此路不通"吧。

十六岁的儿子将要与一个十五岁的少女订婚了。是同住了一年光景的邻居，彼此都还不脱孩子气，谈笑嬉游，似乎不很意识到男女的界限。但是看两个孩子无邪地站在一块，又见到他们两个的天真和忠厚正复半斤八两，旁人就会想道："如果结为配偶倒是相当的呢。"一天，S夫人忽然向邻居夫人和我妻提议道："我替你们的女儿、儿子作媒吧。"两个母亲几乎同时说"好的"，笑容浮现在脸上，表示这个提议正中下怀。几天之后，两个父亲对面谈起这事来了，一个说"好的呀"，一个用他的苏州土白说"呒啥"，足见彼此都合了意。可是两个孩子的意见如何是顶要紧的，就分头探询。探询的结果是这个也不开口，那个也不回答。少年对于这个问题的羞惭心理，我们很能够了解，要他们像父母那样若无其事地说一声"好的"或者"呒啥"，那是万万不肯的。我们只须看他们的脸色，那种似乎不爱听而实际很关心的神气，那种故意抑制欢悦而把眼光低垂下来的姿态，就是无声的"好的"或者"呒啥"呀。于是事情决定，只待商定一个日期，交换一份帖子，请亲友们喝一杯酒，两个孩子就订婚了。

有"媒妁之言"，而媒妁只不过揭开各人含意未伸的意想。也可以说是"父母之命"，而实际上父母并没有强制他们什么。照现在两个孩子共同做一件琐事以及彼此关顾的情形看来，只要长此不变，他们就将是美满的一对。

这样的婚姻当然很寻常，并不足以做人家的模范。然而比较有些方式却自然得多了。近来大家知道让绝不相识的一男一女骤然在一起生活不很妥当，于是发明了先结识后结婚的方式。介绍人把一男一女牵到一处地方，或者是公园，或者是菜馆的雅座，"这位是某君，这位是某女士"，一副尴尬的面孔，这样替他们"接线"。而某君和某女士各自胸中雪亮，所为何事而来，还不是与"送入洞房"殊途同归？觌面的羞惭渐渐消散了，于是想出话来对谈，寻出题目来约定往后的会晤，这无非为了对象既被指定，不得不用人工把交情制造起来，两个男女结婚以后如何且不说，单说这制造交情的一步功夫，多么牵强不自然啊。

又有一种方式是由交际而恋爱，由恋爱而结婚。交际是广交甲、乙、丙、丁乃至庚、辛、壬、癸，这不过是朋友的相与。恋爱是一枝内发的箭，什么时候射出去是不自知的。一朝射出去而对方接受了，方才谈得到结婚。这种说法颇为一部分青年男女所喜爱。但是，我国知识男女共同做一种事业的很少，所谓交际，差不多只限于饮食游戏那些事。若不是有闲阶级，试问哪里有专门去干饮食游戏那些事的份儿？并且，交际只限于饮食游戏那些事，谨愿的人因而往往向隅，而浮滑的人才是交际场中的骄子。我们曾经看见许多青年男女瞩望着交际场，苦于无由投身进去，而青春已渐渐地离开他们，他们于是忧伤，颓丧，歇斯底里。这是很痛苦的。再说一部分青年心目中的恋爱境界，差不多是一幅美丽而朦胧的图画。那是诗词和小说教给他们的，此外电影也是有力的启示。这美丽而朦胧的图画实在只是瞬间的感觉，如果憧憬着这个，认为终极的目的，那么恋爱成功以后，一转眼就将惊诧于完全不是那么一回事，这时候是很无聊的。

伴侣婚姻是美国的产品，而且在美国也未见怎样通行。我们如果仿行起来，将会感到"此路不通"吧。

青年男女能从恋爱呀结婚呀这些问题上节省许多精神和时间，移用到别的事情上去，他们是幸福的。若把这些问题看作整个的人生，或者认作先于一切的大前提，那么苦恼就伺候在他们背后了。

谈　抽　烟

朱自清

抽烟其实是个玩意儿。

　　有人说，"抽烟有什么好处?还不如吃点口香糖，甜甜的，倒不错。"不用说，你知道这准是外行。口香糖也许不错，可是喜欢的怕是女人孩子居多；男人很少赏识这种玩意儿的；除非在美国，那儿怕有些个例外。一块口香糖得咀嚼老半天，还是嚼不完，凭你怎么斯文，那朵颐的样子，总遮掩不住，总有点儿不雅相。这其实不像抽烟，倒像衔橄榄。你见过衔着橄榄的人？腮帮子上凸出一块，嘴里不时地嗞儿嗞儿的。抽烟可用不着这么费劲；烟卷儿尤其省事，随便一叼上，悠然的就吸起来，谁也不来注意你。抽烟说不上是什么味道；勉强说，也许有点儿苦吧。但抽烟的不稀罕那"苦"而稀罕那"有点儿"。他的嘴太闷了，或者太闲了，就要这么点儿来凑个热闹，让他觉得嘴还是他的。嚼一块口香糖可就太多，甜甜的，够多腻味；而且有了糖也许便忘记了"我"。

抽烟其实是个玩意儿。就说抽卷烟吧，你打开匣子或罐子，抽出烟来，在桌上顿几下，衔上，擦洋火，点上。这其间每一个动作都带股劲儿，像做戏一般。自己也许不觉得，但到没有烟抽的时候，便觉得了。那时候你必然闲得无聊；特别是两只手，简直没放处。再说那吐出的烟，袅袅地缭绕着，也够你一回两回地捉摸；它可以领你走到顶远的地方去。——即便在百忙当中，也可以让你轻松——忽儿。所以老于抽烟的人，一叼上烟，真能悠然遐想。他霎时间是个自由自在的身子，无论他是靠在沙发上的绅士，还是蹲在台阶上的瓦匠。有时候他还能够叼着烟和人说闲话；自然有些含含糊糊的，但是可喜的是那满不在乎的神气。这些大概也算是游戏三昧吧。

好些人抽烟，为的有个伴儿。譬如说，一个人单身住在北平，和朋友在一块儿，倒是有说有笑的，回家来，空屋子像水一样。这时候他可以摸出一支烟抽起来，借点儿暖气。黄昏来了，屋子里的东西只剩些轮廓，暂时懒得开灯，也可以点上一支烟，看烟头上的火一闪一闪的，像亲密的低语，只有自己听得出。要是生气，也不妨迁怒一下，使劲儿吸他十来口。客来了，若你倦了说不得话，或者找不出可说的，干坐着岂不着急？这时候最好拈起一支烟将嘴堵上等你对面的人。若是他也这么办，便尽时间在烟子里爬过去。各人抓着一个新伴儿，大可以盘桓一会的。

从前抽水烟旱烟，不过一种不伤大雅的嗜好，现在抽烟却成了派头。抽烟卷儿指头黄了，由它去。用烟嘴不独麻烦，也小气，又跟烟隔得那么老远的。今儿大褂上一个窟窿，明儿坎肩上一个，由它去。一支烟里的尼古丁可以毒死一个小麻雀，也由它去。总之，整整扭扭的，其实也还是个"满不在乎"罢了。烟有好有坏，味有浓有淡，能够辨味的是内行，不择烟而抽的是大方之家。

论无话可说

朱自清

真正有自己的话要说的是不多的几个人；因为真正一面生活一面吟味那生活的只有不多的几个人。一般人只是生活，按着不同的程度照例生活。

　　十年前我写过诗；后来不写诗了，写散文；入中年以后，散文也不大写得出了——现在是，比散文还要"散"的无话可说！许多人苦于有话说不出，另有许多人苦于有话无处说；他们的苦还在话中，我这无话可说的苦却在话外。我觉得自己是一张枯叶，一张烂纸，在这个大时代里。

　　在别处说过，我的"忆的路"是"平如砥""直如矢"的；我永远不曾有过惊心动魄的生活，即使在别人想来最风华的少年时代。我的颜色永远是灰的。我的职业是三个教书；我的朋友永远是那么几个，我的女人永远是那么一个。有些人生活太丰富了，太复杂了，会忘记自己，看不清楚自己，我是什么时候都"了了玲玲地"知道，记住，自己是怎样简单的一个人。

但是为什么还会写出诗文呢？——虽然都是些废话。这是时代为之！十年前正是五四运动的时期，大伙儿蓬蓬勃勃的朝气，紧逼着我这个年轻的学生；于是乎跟着人家的脚印，也说说什么自然，什么人生。但这只是些范畴而已。我是个懒人，平心而论，又不曾遭过怎样了不得的逆境；既不深思力索，又未亲自体验，范畴终于只是范畴，此处也只是廉价的，新瓶里装旧酒的感伤。当时芝麻黄豆大的事，都不惜郑重地写出来，现在看看，苦笑而已。

先驱者告诉我们说自己的话。不幸这些自己往往是简单的，说来说去是那一套；终于说的听的都腻了。——我便是其中的一个。这些人自己其实并没有什么话，只是说些中外贤哲说过的和并世少年将说的话。真正有自己的话要说的是不多的几个人；因为真正一面生活一面吟味那生活的只有不多的几个人。一般人只是生活，按着不同的程度照例生活。

这点简单的意思也还是到中年才觉出的，少年时多少有些热气，想不到这里。中年人无论怎样不好，但看事看得清楚，看得开，却是可取的。这时候眼前没有雾，顶上没有云彩，有的只是自己的路。他负着经验的担子，一步步踏上这条无尽的然而实在的路。他回看少年人那些情感的玩意，觉得一种轻松的意味。他乐意分析他背上的经验，不止是少年时的那些；他不愿远远地捉摸，而愿剥开来细细地看。也知道剥开后便没了那跳跃着的力量，但他不在乎这个，他明白在冷静中有他所需要的。这时候他若偶然说话，决不会是感伤的或印象的，他要告诉你怎样走着他的路，不然就是，所剥开的是些什么玩意。但中年人是很胆小的；他听别人的话渐渐多了，说了的他不说，说得好的他不说。所以终于往往无话可说——特别是一个寻常的人像我。但沉默又是寻常的人所难堪的，我说苦在话外，以此。

中年人若还打着少年人的调子，——姑不论调子的好坏——原也未尝不可，只总觉"像煞有介事"。他要用很大的力量去写出那冒着热气或流着眼泪的话；一个神经敏锐的人对于这个是不容易忍耐的，无论在自己在别人。这好比上了年纪的太太小姐们还涂脂抹粉地到大庭广众里去卖弄一般，是殊可不必的了。

其实这些都可以说是废话，只要想一想咱们这年头。这年头要的是"代言人"，而且将一切说话的都看作"代言人"；压根儿就无所谓自己的话。这样一来，如我辈者，倒可以将从前狂妄之罪减轻，而现在是更无话可说了。

但近来在戴译《唯物史观的文学论》里看到，法国俗语"无话可说"竟与"一切皆好"同意。呜呼，这是多么损的一句话，对于我，对于我的时代！

新年醉话

老舍

喝醉必须说醉话，

其重要至少等于新年必须喝醉。

大新年的，要不喝醉一回，还算得了英雄好汉么？喝醉而去闷睡半日，简直是白糟蹋了那点酒。喝醉必须说醉话，其重要至少等于新年必须喝醉。

醉话比诗话词话官话的价值都大，特别是在新年。比如，你恨某人，就想骂他猴崽子一顿。可是平日的生活，以清醒温和为贵，怎好大睁白眼的骂阵一番？到了新年，有必须喝醉的机会，不乘此时节把一年的"储蓄骂"都倾泻净尽，等待何时？于是乎骂矣。一骂，心中自然痛快，且觉得颇有英雄气概。因此，来年的事业也许更顺当，更风光；在元旦或大年初二已自许为英雄，一岁之计在于春也。反之，酒只两盅，菜过五味，欲哭无泪，欲笑无由。只好哼哼唧唧噜哩噜苏，如老母鸡然，则癞狗见了也多咬你两声，岂能成为民族的英雄？

再说，处此文明世界，女扮男装。许多许多男子大汉在家中乾纲不振。欲恢复男权，以求平等，此其时矣。你得喝醉哟，不然哪里敢！既醉，则挑鼻子弄眼，不必提名道姓，而以散文诗冷嘲，继以热骂：头发烫得像鸡窝，能孵小鸡么？曲线美、直线美又几个钱一斤？老子的钱是容易挣得？哼！诸如此类，无须管层次清楚与否，但求气势畅利。每当少为停顿，则加一哼，哼出两道白气，这么一来，家中女性，必都惶恐。如不惶恐，则拉过一个——以老婆为最合适——打上几拳。即使因此而罚跪床前，但床前终少见证，而醉骂则广播四邻，其声势极不相同，威风到底是男子汉的。闹过之后，如有必要，得请她看电影；虽发是鸡窝如故，且未孵出小鸡，究竟得显出不平凡的亲密。即使完全失败，跪在床前也不见原谅，到底酒力热及四肢，不至着凉害病，多跪一会儿正自无损。这自然是附带的利益，不在话下。无论怎说，你总得给女性们一手儿瞧瞧，纵不能一战成功，也给了她们个有力的暗示——你并不是泥人哟。久而久之，只要你努力，至少也使她们明白过来：你有时候也曾闹脾气，而跪在床前殊非完全投降的意思。

至若年底搪债，醉话尤为必需。讨债的来了，见面你先喷他一口酒气，他的威风马上得降低好多，然后，他说东，你说西，他说欠债还钱，你唱《四郎探母》。虽曰无赖，但过了酒劲，日后见面，大有话说。此"尖头曼"之所以为"尖头曼"也。

醉话之功，不止于此，要在善于运用。秘诀在这里：酒喝到八成，心中还记得"莫谈国事"，把不该说的留下；可以说的，如骂友人与恫吓女性，则以酒力充分活动想象力，务使自己成为浪漫的英雄。骂到伤心之处，宜紧紧摇头，使眼泪横流，自增杀气。

当是时也，切莫题词寄信，以免留叛逆的痕迹。必欲艺术的发泄酒性，可以在窗纸上或院壁上作画。画完题"醉墨"二字，豪放之情乃万古不朽。

四位先生

老舍

假如说尊稿是十张纸写的吧，书屋主人会由枕头底下翻出两张，由裤袋里掏出三张，书架里找出两张，窗子上揭下一张，还欠两张。你别忙，他会由老鼠洞里拉出那两张，一点也不少。

一 吴组缃先生的猪

　　从青木关到歌乐山一带，在我所认识的文友中要算吴组缃先生最为阔绰。他养着一口小花猪。据说，这小动物的身价，值六百元。

　　每次我去访组缃先生，必附带的向小花猪致敬，因为我与组绷先生核计过了：假若他与我共同登广告卖身，大概也不会有人出六百元来买！

有一天，我又到吴宅去。给小江——组绷先生的少爷——买了几个比醋还酸的桃子。拿着点东西，好搭讪着骗顿饭吃，否则就太不好意思了。一进门，我看见吴太太的脸比晚日还红。我心里一想，便想到了小花猪。假若小花猪丢了，或是出了别的毛病，组绷先生的阔绰便马上不存在了！一打听，果然是为了小花猪：它已绝食一天了。我很着急，急中生智，主张给它点奎宁吃，恐怕是打摆子。大家都不赞同我的主张。我又建议把它抱到床上盖上被子睡一觉，出点汗也许就好了；焉知道不是感冒呢？这年月的猪比人还娇贵呀！大家还是不赞成。后来，把猪医生请来了。我颇兴奋，要看看猪怎么吃药。猪医生把一些草药包在竹筒的大厚皮儿里，使小花猪横衔着，两头向后束在脖子上：这样，药味与药汁便慢慢走入里边去。把药包儿束好，小花猪的口中好像生了两个翅膀，倒并不难看。

虽然吴宅有此骚动，我还是在那里吃了午饭——自然稍微的有点不得劲儿！

过了两天，我又去看小花猪——这回是专程探病，绝不为看别人；我知道现在猪的价值有多大——小花猪口中已无那个药包，而且也吃点东西了。大家都很高兴，我就又就棍打腿的骗了顿饭吃，并且提出声明：到冬天，得分给我几斤腊肉；组绷先生与太太没加任何考虑便答应了。吴太太说："几斤？十斤也行！想想看，那天它要是一病不起……"大家听罢，都出了冷汗！

二 马宗融先生的时间观念

马宗融先生的表大概是、我想是一个装饰品。无论约他开会，还是吃饭，他总迟到一个多钟头，他的表并不慢。

来重庆，他多半是住在白象街的作家书屋。有的说也罢，没的说也罢，他总要谈到夜里两三点钟。假若不是别人都困得不出一声了，他还想不起上床去。有人陪着他谈，他能一直坐到第二天夜里两点钟。表、月亮、太阳，都不能引起他注意到时间。

比如说吧，下午三点他须到观音岩去开会，到两点半他还毫无动静。"宗融兄，不是三点有会吗？该走了吧？"有人这样提醒他，他马上去戴上帽子，提起那有茶碗口粗的木棒，向外走。"七点吃饭。早回来呀！"大家告诉他。他回答声"一定回来"，便匆匆地走出去。

到三点的时候，你若出去，你会看见马宗融先生在门口与一位老太婆，或是两个小学生，谈话儿呢！即使不是这样，他在五点以前也不会走到观音岩。路上每遇到一位熟人，便要谈，至少有十分钟的话。若遇上打架吵嘴，他得过去解劝，还许把别人劝开，而他与另一位劝架的打起来！遇上某处起火，他得帮着去救。有人追赶扒手，他必然得加入，非捉到不可。看见某种新东西，他得过去问问价钱，不管买与不买。看到戏报子，马上他去借电话，问还有票没有……这样，他从白象街到观音岩，可以走一天，幸而他记得开会那件事，所以只走两三个钟头，到了开会的地方，即使大家已经散了会，他也得坐两点钟，他跟谁都谈得来，都谈得有趣，很亲切，很细腻。有人刚买一条绳子，他马上拿过来练习跳绳——五十岁了啊！

七点，他想起来回白象街吃饭，归路上，又照样的劝架，救人，追贼，问物价，打电话……至早，他在八点半左右走到目的地。满头大汗，三步当作两步走的。他走了进来，饭早已开过了。

所以，我们与友人定约会的时候，若说随便什么时间，早晨也好，晚上也好，反正我一天不出门，你哪时来也可以，我们便说"马宗融的时间吧"！

三 姚蓬子先生的砚台

作家书屋是个神秘的地方，不信你交到那里一份文稿，而三五日后再亲自去索回，你就必定不说我扯谎了。

进到书屋，十之八九你找不到书屋的主人——姚蓬子先生。他不定在哪里藏着呢。他的被褥是稿子，他的枕头是稿子，他的桌上、椅上、窗台上……全是稿子。

简单的说吧，他被稿子埋起来了。当你要稿子的时候，你可以看见一个奇迹。假如说尊稿是十张纸写的吧，书屋主人会由枕头底下翻出两张，由裤袋里掏出三张，书架里找出两张，窗子上揭下一张，还欠两张。你别忙，他会由老鼠洞里拉出那两张，一点也不少。

单说蓬子先生的那块砚台，也足够惊人了！那是块无法形容的石砚。不圆不方，有许多角儿，有任何角度。有一点沿儿，豁口甚多，底子最奇，四周翘起，中间的一点凸出，如元宝之背，它会像陀螺似的在桌子乱转，还会一头高一头低地倾斜，如浪中之船。我老以为孙悟空就是由这块石头跳出去的！

到磨墨的时候，它会由桌子这一端滚到那一端，而且响如快跑的马车。我每晚十时必就寝，而对门儿书屋的主人要办事办到天亮。从十时到天亮，他至少有十次，一次比一次响——到夜最静的时候，大概连南岸都感到一点震动。从我到白象街起，我没做过一个好梦，刚一入梦，砚台来了一阵雷雨，梦为之断。在夏天，砚一响，我就起来拿臭虫。冬天可就不好办，只好咳嗽几声，使之闻之。

现在，我已交给作家书屋一本书，等到出版，我必定破费几十元，送给书屋主人一块平底的，不出声的砚台！

四 何容先生的戒烟

首先要声明：这里所说的烟是香烟，不是鸦片。

从武汉到重庆，我老同何容先生在一间屋子里，一直到前年八月间。在武汉的时候，我们都吸"大前门"或"使馆"牌；小大"英"似乎都不够味儿。到了重庆，小大"英"似乎变了质，越来越"够"味儿了，"前门"与"使馆"倒仿佛没了什么意思。慢慢的，"刀"牌与"哈德门"又变成我们的朋友，而与小大"英"，不管是谁的主动吧，好像冷淡得日悬一日。不久，"刀"牌与"哈德门"又与我们发生了意见，差不多要绝交的样子。何容先生就决心戒烟！

在他戒烟之前，我已声明过："先上吊。后戒烟！"本来吗，"弃妇抛雏"的流亡在外，吃不敢进大三元，喝么也不过是清一色（黄酒贵，只好吃点白干），女友不敢去交，男友一律是穷光蛋，住是二人一室，睡是臭虫满床，再不吸两支香烟，还活着干吗？可是，一看何容先生戒烟，我到底受了感动，既觉自己无勇，又钦佩他的伟大；所以，他在屋里，我几乎不敢动手取烟，以免动摇他的坚决！

何容先生那天睡了十六个钟头，一支烟没吸！醒来，已是黄昏，他便独自走出去。我没敢陪他出去，怕不留神递给他一支烟，破了戒！掌灯之后，他回来了，满面红光，含着笑，从口袋中掏出一包土产卷烟来。"你尝尝这个，"他客气地让我，"才一个铜板一支！有这个，似乎就不必戒烟了！没有必要！"把烟接过来，我没敢说什么，怕伤了他的尊严。面对面的，把烟燃上，我俩细细地欣赏。头一口就惊人，冒的是黄烟，我以为他误把爆竹买来了！听了一会儿，还好，并没有爆炸，就放胆继续地吸。吸了不到四五口，我看见蚊子都争着向外边飞，我很高兴。既吸烟，又驱蚊，太可贵了！再吸几口之后，墙上又发现了臭虫，大概也要搬家，我更高兴了！吸到了半支，何容先生与我也跑出去了，他低声地说："看样子，还得戒烟！"

何容先生二次戒烟，有半天之久。当天的下午，他买来了烟斗与烟叶。"几毛钱的烟叶，够吃三四天的，何必一定戒烟呢！"

他说。吸了几天的烟斗，他发现了：（一）不便携带；（二）不用力，抽不到；用力，烟油射在舌头上；（三）费洋火；（四）须天天收拾，麻烦！有此四弊，他就戒烟斗，而又吸上香烟了。"始作卷烟者。其无后乎！"他说。

最近二年，何容先生不知戒了多少次烟了，而指头上始终是黄的。

女子问题

胡适

"当学生的，如其提倡废考，不如提倡严格考试；社交解放的先驱者，如提倡自由恋爱，不如提倡独身主义！"

　　我本没有预备讲这个题目，到安庆后，有一部分人要求讲这个，这问题也是很重要的，所以就临时加入了。

　　人类有一种"半身不遂"的病，在中风之后，有一部分麻木不仁；这种人一半失了作用，是很可怜的。诸位！我们社会上也害了这"半身不遂"的病几千年了，我们是否应当加以研究？

　　世界人类分男女两部，习惯

上对于男子很发展，对于女子却剥夺她的自由，不准她发展，这就是社会的"半身不遂"的病。社会有了"半身不遂"的病，当然不是健全的社会了。女子问题发生，给我们一种觉悟，不再牺牲一半人生的天才自由，让女子本来有的天才，享受应有的权利，和男子共同担任社会的担子；使男子成一个健全的人，女子也成一个健全的人！于是社会便成了一个健全的社会！

我们以前从不将女子当做人：我们都以为她是父亲的女儿，以为她是丈夫的老婆，以为她是儿子的母亲；所以有"在家从父，出嫁从夫，夫死从子"的话，从来总不认她是一个人！在历史上，只有孝女、贤女、烈女、贞女、节妇、慈母，却没有一个"女人"！诸位！在历史上也曾见过传记称女子是人的么？

研究女子教育是研究什么？——昔日提倡女子教育的，是提倡良妻贤母；须知道良妻贤母是"人"，无所谓"女子"的。女子愿做良妻贤母，便去做她的良妻贤母，假使女子不愿意做良妻贤母，依旧可以做她的人的。先定了这个目标，然后再说旁的。

女子问题可以分两部分讲：

（一）女子解放。

（二）女子改造。

解放一部分是消极的。解放中包含有与束缚对待的意思，所以是消极的。改造却是积极的。改造是研究如何使女子成为人，用何种方法使女子自由发展。

（一）女子解放。解放必定先有束缚。这有两种讲法：一是形体的，一是精神的。

先讲形体的解放。在从前男子拿玩物看待女子，女子便也以玩物自居；许多不自由的刑具，女子都取而加在自己身上，现在算是比较的少了。如缠足、穿耳朵、束胸等等都是，可以算得形体上已解放了。这种不过谈女子解放中的初级。试问除了少数受过教育的女子而外，中国有多少女子不缠足？如果我们不能实行天足运动，我们就不配谈女子解放！——我来安庆的时候，所见的女子，大半是缠足；这可以用干涉、讲演种种方法禁止她们，我希望下次再来安庆的时候，见不着一个缠足女子！——再谈束胸，起初因为美观起见，并不问合卫生与否。我的一个朋友曾经对我说，假使个个女子都束胸，以后都不可以做人的母亲了！

次讲精神的解放。在解放上面，以精神解放最为重要。精神解放怎样讲？——就是几千年来，社会上男子用了许多方法压制女子，引诱女子，便是女子精神上的手镣脚铐。择几桩大的说：

第一，未讲之先，提出一个标准来，——标准就是"为什么"——"女子不为后嗣"。中国古时候最重的是"有后"——女子不算——家中有财产，女儿不能承受；没有儿子的，一定去在弟兄的儿子中间找一个来承继受领。女子的不能为后嗣，大半为着经济缘故，所以应当从经济方面提倡独立。有一个人临死，分财产做三股，两个女儿得两股，一个侄子得一股，但是他的本家，还要打官司。这个观念如若不打破，对于经济，对于道德，都有极大的关系。还有"娶妾"。一个人年长了，没有儿子，大家便劝他娶妾，——就是他的夫人，也要劝他，不如此，人家便要说她不贤慧——请问这一种恶劣的行为，是从什么地方产生的？再进一步说，既然同认女子是个人，又何以不能承受财产，不能为后？——这是应当打破的邪说之一！

第二，"女子贞操问题"。何谓贞操？——贞操是因男女间感情浓厚，不愿意再及于第三者身上。依新道德讲，男女都应当守贞操，历史上沿习却不然，男子可以嫖，可以纳妾；女子既不可以和人家通奸，反要受种种的限制，大概拿牌坊引诱，使女子守一个无爱情没有见过面的人，一部分女子，因而被他们引诱了。如此的社会，实在是杀人不抵命的东西！贞操实是双方男女共有的。我从前说："男子嫖婊子，与女子和人通奸，是有同等的罪！"所以，"男子叫女子守节，女子也可以叫男子守节！男子如果可以讨姨太太，女子也就可以娶姨老爷！"谢太傅——谢安——晚年想纳妾，但他却怕老婆。他的朋友劝他，说公例可以纳妾；他的夫人在里面应道："婆例不可！"——历来都用惯了"公例"，未常实行"婆例"。这种虚伪的贞操，委实可以打破。再简单说："贞操是根据爱情的，是双方的！男子可以不守节，女子也可以不守节！"

第三，"女子责在阃内说"。女子的职务，在家庭以内，这种学说也是捆女子的一根铁索，如果不打断，就难说到解放。有许多女子，足能够做学问，可以学美术、文学……，可以当教员……；有许多男子，只配抱孩子、煮饭的。有许多事，男子不能做而女子能做。如果不打破这种学说，只是养成良妻贤母，实在不行。我们要使女子发展天才，决不能叫她永远须在家里头。女子会抱孩子、煮饭，也只是女子中的一部分，女子决不全是会抱孩子、煮饭的；有天才的女子，却往往因为这个缘故，不得尽量的发展。就说女子不能做他种事业，但她们做教师便比男子好得多了。总结一句：我们不应当拿家里洗衣、煮饭、抱孩子许多事体来难女子。我们吃饭，可以吃一品香、海洞春厨子做的．衣服可以拿到洗衣厂里去洗！

第四，"防闲的道德论"。由古代相传，男子对女子总有怀疑的态度，总有防闲的道德。现在人对女子，依旧有这一种态度。我所说安庆讲演会里职员，有许多女子加入，便引起了社会上的非难。我将告诉他们："防闲决不是道德！"如把鸟雀关在笼中，一放它便飞了；不然，一年两年的工夫，也就闷死了。当我在西洋的时候，见中国许多留学生，常常闹笑话，在交际场中，遇了女子和他接洽，他便以为有意。由此，我连带想起一件故事。某人的笔记上说："有一个老和尚，养了一个小孩子，作为小和尚；老和尚对他防闲得利害，使他不知世故。某年，老和尚带这小和尚下山，小和尚一件东西也不认识，逢到东西，老和尚不等他问，便一一的告诉他，恰巧有个女子经过，老和尚恐怕他沾染红尘，便不和他说。小和尚就问，老和尚便扯道：这是吃人的老鬼。等到回山的时候，老和尚便问他下山一日，有所爱否？小和尚说，所爱的只是吃人的老鬼！"防闲的道德，就是最不道德！我国学生，何以多说是不道德？实是因为防闲太利害了，一遇到恶人，便要堕落！我希望以后要打破防闲的道德论！平心而论，完全自由，也有流弊，不过总不可因噎废食的。不要以一二人的堕落而及于全部。而且自由的流弊，决不是防闲所可免，若求自由无流弊，必定要再加些自由于上面；自由又自由，丝毫流弊都没有了！因为怕流弊而禁止自由，流弊必定更多，且更不自由了！社会上应存"容人的态度"，须知社会上决没有无流弊的。张小姐闹事，只是张小姐；李小姐闹事，只是李小姐；决不能因为一两人而及于全体的！愿再加解放许多自由，叫他们晓得所以，自然没有流弊了！

（二）女子改造。改造方面，比较简单些。解放是对外的要求；改造却是对内的要求，但也不完全靠自己的！

先说内部。女子本身的改造，无论女子本身或提倡女子问题的，都要认明目标：第一，"自立的能力"。女子问题第一个要点，就在这问题。女子嫁人，总要攀高些，却不问自立。我觉女子要做人，须注意"自立"，假如女子不能自立，决不能够解放去奋斗的。第二，"独立的精神"。这个名词，是老生常谈，不过我说的是精神上，不怕社会压制；社会反对，也是要干的！像现在这种时代，是很不容易谈解放的。不顾社会非难，可以独行其是。第三，"先驱者的责任"。做先锋的责任，在谈女子问题中是很重要的。我们一举一动，在社会上极受影响。先驱者的责任，只要知道公德，不要过问私德；一人如此，可以波及全体的。不要使我个人行为，在女子运动上加了一个污点！我最不相信道德，但为了这个起见，也不得不相信了！我常常说："当学生的，如其提倡废考，不如提倡严格考试；社交解放的先驱者，如提倡自由恋爱，不如提倡独身主义！"这是诸位要注意的！

jī gū hóng míng

记辜鸿铭

胡适

他在席上大讲他最得意的安福国会选举时他卖票的故事，这个故事我听他亲口讲过好几次了，每回他总添上一点新花样，这也是老年人说往事的普通毛病。

　　民国十年十月十三夜，我的
老同学王彦祖先生请法国汉学家
戴弥微先生（Mon Demiéville）在
他家中吃饭，陪客的有辜鸿铭先
生、法国的 X 先生、徐墀先生和
我；还有几位，我记不得了。这
一晚的谈话，我的日记里留有一
个简单的记载，今天我翻看旧日
记，想起辜鸿铭的死，想起那晚
上的主人王彦祖也死了，想起
十三年之中人事变迁的迅速，我

心里颇有不少的感触。所以我根据我的旧日记，用记忆来补充它，写成这篇辜鸿铭的回忆。

辜鸿铭向来是反对我的主张的，曾经用英文在杂志上驳我；有一次为了我在《每周评论》上写的一段短文，他竟对我说，要在法庭控告我。然而在见面时，他对我总很客气。

这一晚他先到了王家，两位法国客人也到了；我进来和他握手时，他对那两位外国客说：Here comes my learned enemy！大家都笑了。入座之后，戴弥微的左边是辜鸿铭，右边是徐墀。大家正在喝酒吃菜，忽然辜鸿铭用手在戴弥微的背上一拍，说："先生，你可要小心！"戴先生吓了一跳，问他为什么，他说："因为你坐在辜疯子和徐癫子的中间！"大家听了，哄堂大笑，因为大家都知道，"Cranky Hsü"和"Crazy Ku"的两个绰号。

一会儿，他对我说："去年张少轩（张勋）过生日，我送了他一副对子，上联是'荷尽已无擎雨盖'，——下联是什么？"我当他是集句的对联，一时想不起好对句，只好问他，"想不出好对，你对的什么？"他说："下联是'菊残犹有傲霜枝'。"我也笑了。

他又问："你懂得这副对子的意思吗？"我说："'菊残犹有傲霜枝'，当然是张大帅和你老先生的辫子了。'擎雨盖'，是什么呢？"他说："是清朝的大帽。"我们又大笑。

他在席上大讲他最得意的安福国会选举时他卖票的故事，这个故事我听他亲口讲过好几次了，每回他总添上一点新花样，这也是老年人说往事的普通毛病。

安福部当权时，颁布了一个新的国会选举法，其中有一部分的参议员是须由一种中央通儒院票选的，凡国立大学教授，凡在国外大学得学位的，都有选举权。于是许多留学生有学士硕士博士文凭的，都有人来兜买。本人不必到场，自有人拿文凭去登记投票。据说当时的市价是每张文凭可卖二百元。兜买的人拿了文凭去，还可以变化发财。譬如一张文凭上的姓名是（Wu Ting），第一次可报"武定"，第二次可报"丁武"，第三次可报"吴廷"，第四次可说是江浙方音的"丁和"。这样办法，原价二百元的，就可以卖八百元了。

　　辜鸿铭卖票的故事确是很有风趣的。他说："×××来运动我投他一票，我说：'我的文凭早就丢了。'他说：'谁不认得你老人家？只要你亲自来投票，用不着文凭。'我说：'人家卖两百块钱一票，我老辜至少要卖五百块。'他说：'别人两百，你老人家三百。'我说：'四百块，少一毛钱不来，还得先付现款，不要支票。'他要还价，我叫他滚出去。他只好说：'四百块钱依你老人家。可是投票时务必请你到场。'

　　"选举的前一天，×××果然把四百元钞票和选举入场证都带来了，还再三叮嘱我明天务必到场。等他走了，我立刻出门，赶下午的快车到了天津，把四百块钱全报效在一个姑娘——你们都知道，她的名字叫一枝花——的身上了。两天工夫，钱花光了，我才回北京来。

　　"×××听说我回来了，赶到我家，大骂我无信义。我拿起一根棍子，指着那个留学生小政客，说：'你瞎了眼睛，敢拿钱来买我！你也配讲信义！你给我滚出去！从今天以后不要再上我门来！'那小子看见我的棍子，真个乖乖的逃出去了。"说完了这个故事，他回过头来对我说："你知道有句俗话：'监生拜孔子，孔子吓一跳。'我上回听说×××的孔教会要去祭孔子，我编了一首白话诗：

监生拜孔子，孔子吓一跳。

孔会拜孔子，孔子要上吊。"

"胡先生，我的白话诗好不好？"一会儿，辜鸿铭指着那两位法国客人大发议论了。他说："先生们，不要见怪，我要说你们法国人真有点不害羞，怎么把一个文学博士的名誉学位送给×××！×先生，你的《××报》上还登出×××的照片来，坐在一张书桌边，桌上堆着一大堆书，题做'×大总统著书之图'！呃，呃，真羞煞人！我老辜向来佩服你们贵国，——La belle France！现在真丢尽了你们的 La belle France 的脸了！你们要是送我老辜一个文学博士，也还不怎样丢人！可怜的班乐卫先生，他把博士学位送给×××，呃？"

那两位法国客人听了老辜的话都很感觉不安，那位《××报》的主笔尤其脸红耳赤，他不好不替他的政府辩护一两句。辜鸿铭不等他说完，就打断他的话，说：

"Monsieur，你别说了。有一个时候，我老辜得意的时候，你每天来看我，我开口说一句话，你就说：'辜先生，您等一等。'你就连忙摸出铅笔和日记本子来，我说一句，你就记一句，一个字也不肯放过。现在我老辜倒霉了，你的影子也不上我门上来了。"那位法国记者，脸上更红了。我们的主人觉得空气太紧张了，只好提议，大家散坐。

上文说起辜鸿铭有一次要在法庭控告我，这件事我也应该补叙一笔。在民国八年八月间，我在《每周评论》第三十三期登出了一段随感录：现在的人看见辜鸿铭拖着辫子，谈着"尊王大义"，一定以为他是向来顽固的。却不知辜鸿铭当初是最先剪辫子的人；当他壮年时，衙门里拜万寿，他坐着不动。后来人家谈革命了，他才把辫子留起来。辛亥革命时，他的辫子还没有养全，拖带着假发接的辫子，坐着马车乱跑，很出风头。这种心理很可研究。当初他是"立异以为高"，如今竟是"久假而不归了"。

这段话是高而谦先生告诉我的，我深信高而谦先生不说谎话，所以我登在报上。那一期出版的一天，是一个星期日，我在北京西车站同一个朋友吃晚饭。我忽然看见辜鸿铭先生同七八个人也在那里吃饭。我身边恰好带了一张《每周评论》，我就走过去，把报送给辜先生看。他看了一遍，对我说：

"这段记事不很确实。我告诉你我剪辫子的故事。我的父亲送我出洋时，把我托给一位苏格兰教士，请他照管我。但他对我说：'现在我完全托了×先生，你什么事都应该听他的话。只有两件事我要叮嘱你：第一，你不可进耶苏教；第二，你不可剪辫子。'我到了苏格兰，跟着我的保护人，过了许多时。每天出门，街上小孩子总跟着我叫喊：'瞧呵，支那人的猪尾巴！'我想着父亲的教训，忍着侮辱，终不敢剪辫。那个冬天，我的保护人往伦敦去了，有一天晚上我去拜望一个女朋友。这个女朋友很顽皮，她拿起我的辫子来赏玩，说中国人的头发真黑的可爱。我看她的头发也是浅黑的，我就说：

'你要肯赏收，我就把辫子剪下来送给你。'她笑了，我就借了一把剪子，把我的辫子剪下来送了给她。这是我最初剪辫子的故事。可是拜万寿，我从来没有不拜的。"他说时指着同坐的几位老头子，"这几位都是我的老同事。你问他们，我可曾不拜万寿牌位？"我向他道歉，仍回到我们的桌上。我远远的望见他把我的报纸传给同坐客人看。我们吃完了饭，我因为身边只带了这一份报，就走过去向他讨回那张报纸。大概那班客人说了一些挑拨的话，辜鸿铭站起来，把那张《每周评论》折成几叠，向衣袋里一插，正色对我说："密斯忒胡，你在报上毁谤了我，你要在报上向我正式道歉。你若不道歉，我要向法庭控告你。"我忍不住笑了。我说："辜先生，你说的话是开我玩笑，还是恐吓我？你要是恐吓我，请你先去告状，我要等法庭判决了才向你正式道歉。"我说了，点点头，就走了。

后来他并没有实行他的恐吓。大半年后，有一次他见着我，我说："辜先生，你告我的状子进去了没有？"他正色说："胡先生，我向来看得起你；可是你那段文章实在写的不好！"

"公理" 之所在

鲁迅

公理和正义都被"正人君子"拿去了，所以我已经一无所有。

在广州的一个"学者"说,"鲁迅的话已经说完,《语丝》不必看了。"这是真的,我的话已经说完,去年说的,今年还适用,恐怕明年也还适用。但我诚恳地希望他不至于适用到十年二十年之后。倘这样,中国可就要完了,虽然我倒可以自慢。

公理和正义都被"正人君子"拿去了,所以我已经一无所有。这是我去年说过的话,而今年确也还是如此。然而我虽然一无所有，寻求是还在寻求的，正如每个穷光棍，大抵不会忘记银钱一样。

话也还没有说完。今年，我竟发见了公理之所在了。或者不能说发见，只可以说证实。北京中央公园里不是有一座白石牌坊，上面刻着四个大字道，"公理战胜"么？——Yes，就是这个。

这四个字的意思是"有公理者战胜"，也就是"战胜者有公理"。

段执政有卫兵，"孤桐先生"秉政，开枪打败了请愿的学生，胜矣。于是东吉祥胡同的"正人君子"们的"公理"也蓬蓬勃勃。慨自执政退隐，"孤桐先生""下野"之后，——呜呼，公理亦从而零落矣。那里去了呢？枪炮战胜了投壶，阿！有了，在南边了。于是乎南下，南下，南下……

于是乎"正人君子"们又和久违的"公理"相见了。

《现代评论》的一千元津贴事件，我一向没有插过嘴，而"主将"也将我拉在里面，乱骂一通，——大约以为我是"首领"之故罢。横竖说也被骂，不说也被骂，我就回敬一杯，问问你们所自称为"现代派"者，今后可曾幡然变计，另外运动，收受了新的战胜者的津贴没有？

还有一问，是："公理"几块钱一斤？

略论中国人的脸

鲁迅

我想，镜子的发明，恐怕这些人和小姐们是大有功劳的。

大约人们一遇到不大看惯的东西，总不免以为他古怪。我还记得初看见西洋人的时候，就觉得他脸太白，头发太黄，眼珠太淡，鼻梁太高。虽然不能明明白白地说出理由来，但总而言之：相貌不应该如此。至于对于中国人的脸，是毫无异议；即使有好丑之别，然而都不错的。

　　我们的古人，倒似乎并不放松自己中国人的相貌。周的孟轲就用眸子来判胸中的正不正，汉朝还有《相人》二十四卷。后来闹这玩艺儿的尤其多；分起来，可以说有两派罢：一是从脸上看出他的智愚贤不肖；一是从脸上看出他过去，现在和将来的荣枯。于是天下纷纷，从此多事，许多人就都战战兢兢地研究自己的脸。我想，镜子的发明，恐怕这些人和小姐们是大有功劳的。不过近来前一派已经不大有人讲究，在北京上海这些地方捣鬼的都只是后一派了。

我一向只留心西洋人。留心的结果，又觉得他们的皮肤未免太粗；毫毛有白色的，也不好。皮上常有红点，即因为颜色太白之故，倒不如我们之黄。尤其不好的是红鼻子，有时简直像是将要熔化的蜡烛油，仿佛就要滴下来，使人看得栗栗危惧，也不及黄色人种的较为隐晦，也见得较为安全。总而言之：相貌还是不应该如此的。

后来，我看见西洋人所画的中国人，才知道他们对于我们的相貌也很不敬。那似乎是《天方夜谈》或者《安兑生童话》中的插画，现在不很记得清楚了。头上戴着拖花翎的红缨帽，一条辫子在空中飞扬，朝靴的粉底非常之厚。但这些都是满洲人连累我们的。独有两眼歪斜，张嘴露齿，却是我们自己本来的相貌。不过我那时想，其实并不尽然，外国人特地要奚落我们，所以格外形容得过度了。

但此后对于中国一部分人们的相貌，我也逐渐感到一种不满，就是他们每看见不常见的事件或华丽的女人，听到有些醉心的说话的时候，下巴总要慢慢挂下，将嘴张了开来。这实在不大雅观；仿佛精神上缺失着一样什么机件。据研究人体的学者们说，一头附着在上颚骨上，那一头附着在下颚骨上的"咬筋"，力量是非常之大的。我们幼小时候想吃核桃，必须放在门缝里将它的壳夹碎。但在成人，只要牙齿好，那咬筋一收缩，便能咬碎一个核桃。有着这么大的力量的筋，有时竟不能收住一个并不沉重的自己的下巴，虽然正在看得出神的时候，倒也情有可原，但我总以为究竟不是十分体面的事。

日本的长谷川如是闲是善于做讽刺文字的。去年我见过他的一本随笔集，叫作《猫·狗·人》；其中有一篇就说到中国人的脸。大意是初见中国人，即令人感到较之日本人或西洋人，脸上总欠缺着一点什么。久而久之，看惯了，便觉得这样已经尽够，并不缺少东西；倒是觉得西洋人之流的脸上，多余着一点什么。这多余着的东西，他就给它一个不大高妙的名目：兽性。中国人的脸上没有这个，是人，则加上多余的东西，即成了下列的算式：

人 + 兽性 = 西洋人

他借了称赞中国人，贬斥西洋人，来讥刺日本人的目的，这样就达到了，自然不必再说这兽性的不见于中国人的脸上，是本来没有的呢，还是现在已经消除。如果是后来消除的，那么，是渐渐净尽而只剩了人性的呢，还是不过渐渐成了驯顺。野牛成为家牛，野猪成为猪，狼成为狗，野性是消失了，但只足使牧人喜欢，于本身并无好处。人不过是人，不再夹杂着别的东西，当然再好没有了。倘不得已，我以为还不如带些兽性，如果合于下列的算式倒是不很有趣的：

人＋家畜性＝某一种人

中国人的脸上真可有兽性的记号的疑案，暂且中止讨论罢。我只要说近来却在中国人所理想的古今人的脸上，看见了两种多余。一到广州，我觉得比我所从来的厦门丰富得多的，是电影，而且大半是"国片"，有古装的，有时装的。因为电影是"艺术"，所以电影艺术家便将这两种多余加上去了。古装的电影也可以说是好看，那好看下于看戏；至少，决不至于有大锣大鼓将人的耳朵震聋。在"银幕"上，则有身穿不知何时何代的衣服，缓慢地动作；脸正如古人一般死，因为要显得活，便只好加上些旧式戏子的昏庸。

时装人物的脸，只要见过清朝光绪年间上海的吴友如的《画报》的，便会觉得神态非常相像。《画报》所画的大抵不是流氓拆梢，便是妓女吃醋，所以脸相都狡猾。这精神似乎至今不变，国产影片中的人物，虽是作者以为善人杰士者，眉宇间也总带些上海洋场式的狡猾。可见不如此，是连善人杰士也做不成的。

听说，国产影片之所以多，是因为华侨欢迎，能够获利，每一新片到，老的便带了孩子去指点给他们看道："看哪，我们的祖国的人们是这样的。"在广州似乎也受欢迎，日夜四场，我常见看客坐得满满。

广州现在也如上海一样，正在这样地修养他们的趣味。可惜电影一开演，电灯一定熄灭，我不能看见人们的下巴。

文学和出汗

鲁迅

人性是永久不变的么？

　　上海的教授对人讲文学，以为文学当描写永远不变的人性，否则便不久长。例如英国，莎士比亚和别的一两个人所写的是永久不变的人性，所以至今流传，其余的不这样，就都消灭了云。

　　这真是所谓"你不说我倒还明白，你越说我越胡涂"了。

　　英国有许多先前的文章不流传，我想，这是总会有的，但竟没有想到它们的消灭，乃因为不写永久不变的人性。现在既然知道了这一层，却更不解它们既已消灭，现在的教授何从看见，却居然断定它们所写的都不是永久不变的人性了。

只要流传的便是好文学，只要消灭的便是坏文学；抢得天下的便是王，抢不到天下的便是贼。莫非中国式的历史论，也将沟通了中国人的文学论欤？

而且，人性是永久不变的么？

类人猿，类猿人，原人，古人，今人，未来的人……如果生物真会进化，人性就不能永久不变。不说类猿人，就是原人的脾气，我们大约就很难猜得着的，则我们的脾气，恐怕未来的人也未必会明白。要写永久不变的人性，实在难哪。

譬如出汗罢，我想，似乎于古有之，于今也有，将来一定暂时也还有，该可以算得较为“永久不变的人性”了。然而“弱不禁风”的小姐出的是香汗，“蠢笨如牛”的工人出的是臭汗。不知道倘要做长留世上的文字，要充长留世上的文学家，是描写香汗好呢，还是描写臭汗好？这问题倘不先行解决，则在将来文学史上的位置，委实是“岌岌乎殆哉”。

听说，例如英国，那小说，先前是大抵写给太太小姐们看的，其中自然是香汗多；到十九世纪后半，受了俄国文学的影响，就很有些臭汗气了。哪一种的命长，现在似乎还在不可知之数。

在中国，从道士听论道，从批评家听谈文，都令人毛孔痉挛，汗不敢出。然而这也许倒是中国的“永久不变的人性”罢。

女　　　人

梁实秋

善哭的也就常常善笑，迷迷的笑，吃吃的笑，格格的笑，哈哈的笑，笑是常驻在女人脸上的，这笑脸常常成为最有效的护照。

　　有人说女人喜欢说谎。假如
女人所捏撰的故事都能抽取版税，
便很容易致富。这问题在什么叫
做说谎。若是运用小小的机智，
打破眼前小小的窘僵，获取精神
上小小的胜利，因而牺牲一点点
真理，这也可以算是说谎，那么，
女人确是比较富于说谎的天才。
有具体的例证。你没有陪过女人
买东西吗？尤其是买衣料，她从
不干干脆脆的说要做什么衣，要

买什么料，准备出多少钱。她必定要东挑西拣，翻天覆地，同时口中念念有词，不是嫌这匹料子太薄，就是怪那匹料子花样太旧，这个不禁洗，那个不禁晒，这个缩头大，那个门面窄，批评得人家一文不值。其实，满不是这么一回事，她只是嫌价码太贵而已！如果价钱便宜，其他的缺点全都不成问题，而且本来不要买的也要购储起来。一个女人若是因为炭贵而不升炭盆，她必定对人解释说："冬天升炭盆最不卫生，到春天容易喉咙痛！"屋顶渗漏，塌下盆大的灰泥，在未修补之前，女人便会向人这样解释："我预备在这地方安装电灯。"自己上街买菜的女人，常常只承认散步和呼吸新鲜空气是她上市的唯一理由。艳羡汽车的女人常常表示她最厌恶汽油的臭味。坐在中排看戏的女人常常说前排的头等座位最不舒适。一个女人馈赠别人，必说："实在买不到什么好的……"其实这东西根本不是她买的，是别人送给她的。一个女人表示愿意陪你去上街走走，其实是她顺便要买东西。总之，女人总欢喜拐弯抹角的，放一个小小的烟幕，无伤大雅，颇占体面。这也是艺术，王尔德不是说过"艺术即是说谎"么？这些例证还只是一些并无版权的谎话而已。

女人善变，多少总有些哈姆雷特式，拿不定主意；问题大者如离婚结婚，问题小者如换衣换鞋，都往往在心中经过一读二读三读，决议之后再复议，复议之后再否决，女人决定一件事之后，还能随时做一百八十度的大转弯，做出那与决定完全相反的事，使人无法追随。因为变得急速，所以容易给人以"脆弱"的印象。莎士比亚有一名句："'脆弱'呀，你的名字叫做'女人！'"但这脆弱，并不永远使女人吃亏。越是柔韧的东西越不易摧折。女人不仅在决断上善变，即便是一个小小的别针位置也常变，午前在领扣上，午后也许移到了头发上。三张沙发，能摆出若干阵势；几根头发，能梳出无数花头。讲到服装，其变化之多，常达到荒谬的程度。外国女人的帽子，可以是一根鸡毛，可以是半只铁锅，或是一个畚箕。中国女人的袍子，变化也就够多，领子高的时候可以使她像一只长颈鹿，袖子短的时候恨不得使两腋生风，至于钮扣盘花，滚边镶绣，则更加是变幻莫测。"上帝给她一张脸，她能另造一张出来。""女人是水做的"，是活水，不是止水。

女人善哭。从一方面看，哭常是女人的武器，很少人能抵抗她这泪的洗礼。俗语说："一哭二睡三上吊"，这一哭确实其势难当。但从另一方面看，哭也常是女人的内心的"安全瓣"。女人的忍耐的力量是伟大的，她为了男人，为了小孩，能忍受难堪的委曲。女人对于自己的享受方面，总是属于"斯多亚派"的居多。男人不在家时，她能立刻变成为素食主义者，火炉里能爬出老鼠，开电灯怕费电，再关上又怕费开关。平素既已极端刻苦，一旦精神上再受刺激，便忍无可忍，一腔悲怨天然的化做一把把的鼻涕眼泪，从"安全瓣"中汩汩而出，腾出空虚的心房，再来接受更多的委曲。女人很少破口骂人（骂街便成泼妇，其实甚少），很少揎袖挥拳，但泪腺就比较发达。善哭的也就常常善笑，迷迷的笑，吃吃的笑，格格的笑，哈哈的笑，笑是常驻在女人脸上的，这笑脸常常成为最有效的护照。女人最像小孩，她能为了一个滑稽的姿态而笑得前仰后合，肚皮痛，淌眼泪，以至于翻筋斗！哀与乐都像是常川有备，一触即发。

女人的嘴，大概是用在说话方面的时候多。女孩子从小就往往口齿伶俐，就是学外国语也容易琅琅上口，不像嘴里含着一个大舌头。等到长大之后，三五成群，说长道短，声音脆，嗓门高，如蝉噪，如蛙鸣，真当得好几部鼓吹！等到年事再长，万一堕入"长舌"型，则东家长，西家短，飞短流长，搬弄多少是非，惹出无数口舌；万一堕入"喷壶嘴"型，则琐碎繁杂，絮聒唠叨，一件事要说多少回，一句话要说多少遍，如喷壶下注，万流齐发，当者披靡，不可向迩！一个人给他的妻子买一件皮大衣，朋友问他："你是为使她舒适吗？"那人回答说："不是，为使她少说些话！"

女人胆小，看见一只老鼠而当场昏厥，在外国不算是奇闻。中国女人胆小不至如此，但是一声霹雳使得她拉紧两个老妈子的手而仍战栗不止，倒是确有其事。这并不是做作，并不是故意在男人面前做态，使他有机会挺起胸脯说："不要怕，有我在！"她是真怕。在黑暗中或荒僻处，没有人，她怕；万一有人，她更怕！屠牛宰羊，固然不是女人的事，杀鸡宰鱼，也不是不费手脚。胆小的缘故，大概主要的是体力不济。女人的体温似乎较低一些，有许多女人怕发胖而食无求饱，营养不足，再加上怕臃肿而衣裳单薄，到冬天瑟瑟打战，袜薄如蝉翼，把小腿冻得作"浆米藕"色，两只脚放在被里一夜也暖不过来，双手捧热水袋，从八月捧起，捧到明年五月，还不忍释手。抵抗饥寒之不暇，焉能望其胆大。

　　女人的聪明，有许多不可及处，一根棉线，一下子就能穿入针孔，然后一下子就能在线的尽头处打上一个结子，然后扯直了线在牙齿上砰砰两声，针尖在头发上擦抹两下，便能开始解决许多在人生中并不算小的苦恼，例如缝上衬衣的扣子，补上袜子的破洞之类。至于几根篾棍，一上一下的编出多少样物事，更是令人叫绝。有学问的女人，创辟"沙龙"，对任何问题能继续谈论至半小时以上，不但不令人入睡，而且令人疑心她是内行。

男　人

梁实秋

假如轮回之说不假，下世侥幸依然投胎为人，很少男人情愿下世做女人的。他总觉得这一世生为男身，而享受未足，下一世要继续努力。

男人令人首先感到的印象就是脏！当然，男人当中亦不乏刷洗干净洁身自好的，甚至还有油头粉面衣裳楚楚的，但大体来讲，男人消耗的肥皂和水的数量要比较少些。某一男校，对于学生洗澡是强迫的，入浴签名，每周计核，对于不曾入浴的初步惩罚是宣布姓名，最后的断然处置是定期强迫入浴，并派员监视，然而日久玩生，签名簿中尚不无浮冒情事。有些男人，西装裤尽管挺直，他的耳后脖根，土壤肥沃，常常宜于种麦！袜子手绢不知随时洗涤，常常日积月累，到处塞藏，等到无可使用时，再从那一堆污垢存货当中挑选比较干净的去应急。有些男人的手绢，拿出来硬像是土灰面制的百果糕，黑糊糊黏成一团，而且内容丰富。男人的一双脚，多半好像是天然的具有泡菜梅干菜再加糖蒜的味道，所谓"濯足万里流"是有道理的，小小的一盆水确是无济于事，然而多少男人却连一盆水都吝而不用，怕伤元气。两脚既然如此之脏，偏偏有些"逐臭之夫"喜于脚上藏污纳垢之处往复挖掘，然后嗅其手指，引以为乐！多少男人洗脸都是专洗本部，边疆一概不理，洗脸完毕，手背可以不湿，有的男人是在结婚后才开始刷牙。"扪虱而谈"的是男人。还有更甚于此者，曾有人当众搔背，结果是从袖口里面摔出一只老鼠！除了不可挽救的脏相之外，男人的脏大概是由于懒。

对了！男人懒。他可以懒洋洋坐在旋椅上，五官四肢，连同他的脑筋（假如有），一概停止活动，像呆鸟一般；"不闻夫博弈者乎……"那段话是专对男人说的。他若是上街买东西，很少时候能令他的妻子满意，他总是不肯多问几家，怕跑腿，怕费话，怕讲价钱。什么事他都嫌麻烦，除了指使别人替他做的事之外，他像残废人一样，对于什么事都愿坐享其成，而名之曰"室家之乐"。他提前养老，至少提前三二十年。

紧毗连着"懒"的是"馋"。男人大概有好胃口的居多。他的嘴，用在吃的方面的时候多，他吃饭时总要在菜碟里发现至少一寸见方半寸厚的肉，才能算是没有吃素。几天不见肉，他就喊

"嘴里要淡出鸟儿来！"若真个三月不知肉味，怕不要淡出毒蛇猛兽来！有一个人半年没有吃鸡，看见了鸡毛帚就流涎三尺。一餐盛馔之后，他的人生观都能改变，对于什么都乐观起来。一个男人在吃一顿好饭的时候，他脸上的表情硬是在感谢上天待人不薄；他饭后衔着一根牙签，红光满面，硬是觉得可以骄人。主中馈的是女人，修食谱的是男人。

男人多半自私。他的人生观中有一基本认识，即宇宙一切均是为了他的舒适而安排下来的。除了在做事赚钱的时候不得不忍气吞声的向人奴膝婢颜外，他总是要做出一副老爷相。他的家便是他的国度，他在家里称王。他除了为赚钱而吃苦努力外，他是一个"伊比鸠派"，他要享受。他高兴的时候，孩子可以骑在他的颈上，他引颈受骑，他可以像狗似的满地爬；他不高兴时，他看着谁都不顺眼，在外面受了闷气，回到家里来加倍的发作。他不知道女人的苦处。女人对于他的殷勤委曲，在他看来，就如同犬守户、鸡司晨一样的稀松平常，都是自然现象。他说他爱女人，其实他不是爱，是享受女人。他不问他给了别人多少，但是他要在别人身上尽量榨取。他觉得他对女人最大的恩惠，便是把赚来的钱全部或部分拿回家来，但是当他把一卷卷的钞票从衣袋里掏出来的时候，他的脸上的表情是骄傲的成分多，亲爱的成分少，好像是在说："看我！你行么？我这样待你，你多幸运！"他若是感觉到这家不复是他的乐园，他便有多样的藉口不回到家里来。他到处云游，他另辟乐园。他有聚餐会，他有酒会，他有桥会，他有书会、画会、棋会，他有夜会，最不济的还有个茶馆。

他的享乐的方法太多。假如轮回之说不假，下世侥幸依然投胎为人，很少男人情愿下世做女人的。他总觉得这一世生为男身，而享受未足，下一世要继续努力。

"群居终日，言不及义"，原是人的通病，但是言谈的内容，却男女有别。女人谈的往往是"我们家的小妹又病了！""你们家每月开销多少？"之类。男人的是另一套，普通的方式，男人的谈话，最后不谈到女人身上便不会散场。这一个题目对男人最有兴味。如果有一个桃色案他们唯恐其和解得太快。他们好议论人家的阴私，好批评别人的妻子的性格相貌。"长舌男"是到处有的，不知为什么这名词尚不甚流行。